国学典藏·线装书系

【插图版】

封神演義

第六册

〔明〕许仲琳·著

时代出版传媒股份有限公司
黄山书社

第八十五回　邓芮二侯归周主

诗曰：

西山日落景寥寥，大厦将倾借小条。
卞吉无辜遭屈死，欧阳热血染霞绡。
奸邪用事民生丧，妖孽频兴社稷摇。
可惜成汤先世业，轻轻送入往来潮。

话说欧阳淳被一干周将围在垓心，只杀得盔甲歪斜，汗流浃背，自料抵挡不住，把马跳出圈子，败进关中去了，紧闭不出。子牙在辕门又见折了雷震子，心下十分不乐。且说欧阳淳败进关来，忙升殿坐下，见卞吉打伤，吩咐他且往私宅调养，一面把雷震子且送下监中，修告急文书往朝歌求救。差官在路上，正是春尽夏初时节，怎见得一路上好光景，有诗为证，诗曰：

清和天气爽，池沼芰荷生。梅逐雨余熟，麦随风景成。草随花落处，莺老柳枝轻。江燕携雏习，山鸡哺子鸣。斗南当日永，万物显光明。

话说差官在路，不分晓夜，不一日进了朝歌，在馆驿安歇。次日，将本赍进午门，至文书房投递。那日是中大夫恶来看来。差官将本呈上。恶来接过手，正看那本，只见微子启来至，恶来将欧阳淳的本递与微子看，微子大惊：

『姜尚兵至临潼关下，敌兵已临咫尺之地，天子尚高卧不知。奈何！奈何！』随抱本往内庭见驾。纣王正在鹿台与三妖饮膳，当驾官启驾：『有微子启候旨。』纣王曰：『宣来。』微子至台上见礼毕，王曰：『皇兄有何奏章？』微子奏曰：『姜尚造反，自立姬发，兴兵作叛，纠合诸侯，妄生祸乱，侵占疆土，五关已得四关，大兵见屯临潼关下，损兵杀将，大肆狂暴，真累卵之危，其祸不小。守关主将具疏告急，乞陛下以社稷为重，日亲政事，速赐施行，不胜幸甚！』微子将表呈上。纣王接表，看罢，大惊曰：『不意姜尚作难肆横，竟克朕之四关也。今不早治，是养痈自患也。』随传旨上殿。左右当驾官施设龙车凤辇：『请陛下发驾。』只见警跸传呼，天子御驾早至金銮宝殿。掌殿官与金吾大将忙将钟鼓齐鸣，百官端肃而进，不觉威仪一新。只因纣王有经年未曾临朝，今一旦登殿，人心鼓舞如此。怎见得，有赞为证，赞曰：

烟笼凤阁，香霭龙楼。光摇月扆动，云佛翠华流。侍臣灯宫女扇，双双映彩；孔雀屏，麒麟殿，处处光浮。静鞭三下响，衣冠拜冕旒。金章紫绶垂天象，管取江山万万秋。

话说纣王设朝，百官无不庆幸。朝贺毕，王曰：『姜尚肆横，以下凌上，侵犯关隘，已坏朕四关，如今屯兵于临潼关下。若不大奋乾刚，以惩其侮，国法安在！众卿有何策可退周兵？』言未毕，左班中闪出一位上大夫李通，出班启奏曰：『臣闻「君为元首，臣为股肱」。陛下平昔不以国事为重，听谗远忠，荒淫酒色，屏弃政事，以致天愁民怨，万姓不保，天下患乱，四海分崩。陛下今日临轩，事已晚矣。况今朝歌岂无智能之士、贤俊之言未毕，左班中闪出一位上大夫李通，出班启奏。

人，只因陛下平日不以忠良为重，故今日亦不以陛下为重耳。即今东有姜文焕，游魂关昼夜无宁；南有鄂顺，三山关攻打甚急；北有崇黑虎，陈塘关旦夕将危；西有姬发，兵叩临潼关，指日可破：真如大厦将倾，一木焉能扶得。臣今不避斧钺之诛，直言冒渎天听，乞速加整饬，以救危亡。如不以臣言为谬，臣举保二臣，可先去临潼关，阻住周兵，再为商议。愿陛下日修德政，去谗远佞，谏行言听，庶可少挽天意，犹不失成汤之脉耳。』王曰：『卿保举何人？』李通曰：『臣观众臣之内，止有邓昆、芮吉素有忠良之心，辅国实念，若得此二臣前去，可保无虞也。』纣王准奏，随宣邓昆、芮吉上殿。不一时宣至殿前，朝贺毕。王曰：『今有上大夫李通奏卿忠心为国，特举卿二人前去临潼关协守。朕加尔黄钺、白旄，特专阃外。卿当尽心竭力，务在必退周兵，以擒罪首。卿功在社稷，朕岂惜茅土以报卿哉？当领朕命。』邓昆、芮吉叩首曰：『臣敢不竭驽骀之力以报陛下知遇之恩也。』纣王传旨：『赐二卿筵宴，以见朕宠荣至意。』二臣叩头，谢

恩下殿。须臾，左右铺上筵席，百官与二侯把盏。微子、箕子二位殿下也奉酒与二侯，哽咽言曰：『二位将军，社稷安危，在此一行，全仗将军扶持国难，则国家幸甚！』二侯曰：『殿下放心。臣平日之忠肝义胆，正报国恩于今日也，岂敢有负皇上委托之隆，众大夫保举之恩也。』酒毕，二人谢过二位殿下与众官，次日起兵离了朝歌，径往孟津渡黄河而来。按下不表。

且说土行孙催粮至辕门，看见一首幡，幡下却是韦护的降魔杵，雷震子的黄金棍。土行孙不知其故，自思：『他二人兵器如何丢在此幡下？我且见了元帅，再来看其真实。』报马报入中军：『启元帅：二运督粮官等令。』子牙传令：『令来。』土行孙来至中军，见子牙行礼毕，问曰：『弟子适才督粮至辕门外，见那关前竖一首幡，那幡下却有韦护、雷震子两件兵器在那幡下，不知何故？』子牙把卞吉的事说了一遍。土行孙不信：『岂有此理？』哪吒曰：『卞吉被吾打了一圈，这几日俱不曾出来。』土行孙曰：『待吾去便知端的。』哪吒曰：『你不可去，果是那幡利害。』土行孙只是不信。那时天色将晚，土行孙径出营门，一头往幡下来。方至幡下，便一交跌倒，不知人事。周营哨马报于子牙。子牙大惊。正无可计较，只见关上军士见幡下睡着一个矮子，报与欧阳淳。欧阳淳命：『开关拿来。』不知若要拿人，只是卞吉的家将拿的，其余别人皆拿不得，到不得幡下去。彼时几个军士走至幡下，俱翻身跌倒，不醒人事。关上军士看见，忙报主将。欧阳淳亦自惊疑，忙叫左右：『去请卞吉来。』卞吉此时在家调养伤痕，闻主帅来呼唤，只得勉强进府中。欧阳淳将前事告诉一遍。卞吉曰：『此小事耳。』命家将：『去把那矮子拿来，将众人放了。』家将出关，将土行孙绑了，把众军士拖出幡外。众人如醉方醒，各各揉眼擦面。一时将土行孙扛进关来，拿进府中。欧阳淳问曰：『你是何人？』土行孙曰：『我见幡下有一黄金棍，拿去家里耍子，不知就在哪里睡着了。』卞吉在旁边骂曰：『你这匹夫！怎敢以言语来戏弄我？』命左右：『拿去斩了！』众军士拿出前门，举刀就斩，只见土行孙一扭，就不见了。正是：

地行妙术真堪羡，一晃全身入土中。

众军士忙进府中来报曰：『启元帅：异事非常！我等拿此人，方才下手，那矮子把身一晃，就不见了。』欧阳淳与卞吉曰：『这个就是土行孙了，倒要仔细。』彼此惊异。不表。土行孙回营，来见子牙，曰：『果然此幡利害，弟子至幡下就跌倒了，不知人事，若非地行之术，性命休矣。』次日，卞吉伤痕全愈，领家将出关，至军前搦战。哨马报入子牙。子牙问：『谁人出马？』哪吒愿往，蹬风火轮，摇火尖枪出营来。卞吉见了仇人，也不答话，摇画杆戟，劈面刺来。哪吒火尖枪分心就刺。一场大战。怎见得，有赞为证，赞曰：

战鼓杀声扬，英雄临战场。红旗如烈火，征夫四臂忙。这一个展开银杆戟；那一个发动火尖枪。哪吒施威武；卞吉逞刚强。忠心扶社稷，赤胆为君王。相逢难下手，孰在孰先亡。

话说卞吉战哪吒，又恐他先下手，把马一拨，预先往幡下走来。看官：若论哪吒要往幡下来，他也来得；他是莲花化身，却无魂魄，如何来不得。只是哪吒天性乖巧，他犹恐不妙，便立住脚，看卞吉往幡下过去了，他便登回风火

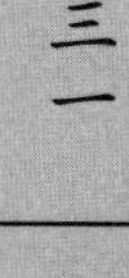

轮，自己回营。不表。

且说卞吉进关来见欧阳淳，言曰：『不才欲诓哪吒往幡下来，他狡猾不来赶我，自己回营去了。』欧阳淳曰：『似此奈何？』正议间，忽探马报：『邓、芮二侯奉旨前来助战，请主将迎接。』欧阳淳同众将出府来迎接。二侯忙下马，携手上银安殿。行礼毕，二侯上坐，欧阳淳下陪。邓昆问曰：『前有将军告急本章进朝歌，天子看过，特命不才二人与将军协守此关。今姜尚猖獗，所在授首，军威已挫，似全不在战之罪也。今临潼关乃朝歌保障，与他关不同，必当重兵把守，方保无虞。连日将军与周兵交战，胜负如何？』欧阳淳曰：『初次副将卞金龙失利，幸其子卞吉有一幡，名曰幽魂白骨幡，全仗此幡，以阻周兵，一次拿了南宫适，二次拿了黄飞虎、黄明，三次拿了雷震子。』邓昆曰：『拿的可是反五关的黄飞虎？』欧阳淳曰：『正是他了。』欧阳淳此回正是：

无心说出黄飞虎，咫尺临潼属子牙。

话说邓昆问：『可是武成王黄飞虎？』欧阳淳曰：『正是。』邓昆冷笑曰：『他今日也被你拿了，此将军莫大之功也。』欧阳淳谦谢不已。邓昆暗记在心。原来黄飞虎是邓昆两姨夫，众将哪里知道？欧阳淳治酒管待二侯，众将饮罢，各散。邓昆至私宅，默思：『黄飞虎今已被擒，如何救他？我想天下八百诸侯，尽已归周，此关大势尽失，料此关焉能阻得他！不若归周，此为上策。但不知芮吉何如？且等明日会过一战，见机而作。』次日，二侯上殿，众将参谒。芮吉曰：『吾等奉旨前来，当以忠心报国。速传令，把人马调出关会姜尚，早定雌雄，以免无辜涂炭。』欧阳淳

曰：『将军之言甚善。』令卞吉等关中点炮呐喊，人马一齐出关。邓、芮二侯出了关外，见了幽魂白骨幡高悬数丈，阻住正道。卞吉在马上曰：『启上二位将军：把人马从左路上走，不可往幡下去。此幡不同别样宝贝。』芮吉曰：『既去不得，便不可走。』军士俱从左路至子牙营前，对左右探马曰：『请武王、子牙答话。』哨马报入中军：『启元帅：关中大势人马排开，请武王、元帅答话。』子牙曰：『既请武王答话，必有深意。』命中军官速请武王临阵。子牙传令：『点炮呐喊。』宝纛旗磨动，辕门开处，鼓角齐鸣，周营中人马齐出。怎见得，有赞为证，赞曰：

红旗闪灼出军中，对对英雄气吐虹。
马上将军如猛虎，步下士卒似蛟龙。
腾腾杀气冲霄汉，霭霭威光透九重。
金盔凤翅光华吐，银甲鱼鳞瑞彩横。
幞头灿烂红抹额，束发冠摇雉尾雄。
五岳门人多骁勇，哪吒正印是先锋。
保周灭纣元戎至，杀法森严姜太公。

话说邓、芮二侯在马上见子牙出兵，威风凛凛，杀气腾腾，别是一般光景；又见那三山五岳门人，一班儿齐齐整整；又见红罗伞下，武王坐逍遥马，左右有四贤、八俊，分于两旁，怎见得武王生成的天子仪表非俗，有诗为证，诗曰：

龙凤丰姿迥出群，神清气旺帝王君。
三停匀称金霞绕，五岳朝归紫雾分。
仁慈相继同尧舜，吊伐重光过夏殷。
八百十年开世业，特将时雨救如焚。

话说邓、芮二侯在马上大呼曰：『来者可是武王、姜子牙么？』子牙曰：『然也。』因而问之：『二公乃是何人？』邓昆曰：『吾乃邓昆、芮吉是也。姜子牙，你想西周不以仁义礼智辅国四维，乃擅自僭称王号，收匿叛亡，拒逆天兵，杀军覆将，已罪在不赦；今又大肆猖獗，欺君罔上，忤逆不道，侵占天王疆土，意欲何为！独不思「率土之滨，莫非王臣」，而敢簧惑天下后世之人心哉。』芮吉又指武王曰：『你先王素称有德，虽羁囚羑里七年，更无一言怨尤，克守臣节，蒙纣王怜赦归国，加以黄钺、白旄，特专征伐，其洪恩德泽，可为厚矣。尔等当世世酬报，尚未尽涓涯之万一；今父死未久，深听姜尚妄语，寻事干戈，兴无名之师，犯大逆之罪，是自取覆宗灭祀之祸，悔亦何及！今听吾言，速反其干戈，退其关隘，擒其渠魁，献俘商郊，尔自归待罪，尚待尔以不死；不然，恐天子大奋乾刚，亲率六师，大张天讨，只恐尔等死无噍类矣。』子牙笑曰：『二位贤侯只知守常之语，不知时务之说。古云：「天命无常，惟有德者居之。」今纣王残虐不道，荒淫酗暴，杀戮大臣，诛妻弃子，郊社不修，宗庙不享，臣下化之，朋家作

仇，戕害百姓，无辜吁天，秽德彰闻，罪盈恶贯。皇天震怒，特命我周恭行天之讨，故天下诸侯相率事周，会于孟津，观政于商郊。二侯尚执迷不悟，犹以口舌相争耶。以吾观之，二侯如寄寓之客，不知谁为之主；宜速倒戈，弃暗投明，亦不失封侯之位耳。请自速裁。』邓昆大怒，命卞吉：『拿此野叟！』卞吉纵马摇戟，冲杀过来。旁有赵升使双刀前来抵住。二人正接战间，芮吉持刀也冲将过来。这边孙焰红使斧抵住。只见武吉摧开马杀来助战。旁边恼了先行哪吒，登开风火轮，现三首八臂，冲杀过来，势不可当。邓昆见哪吒三头八臂，相貌异常，只吓得神魂飞散，急忙先走，传令鸣金收兵，众将各架住兵器。正是：

人言姬发过尧舜，云集群雄佐圣君。

话说邓昆回兵进关，至殿前坐下，欧阳淳、卞吉等俱说姜尚用兵有法，将勇兵骁，门下又有许多三山五岳道术之士，难以取胜，俱各各咨嗟不已。欧阳淳只得治酒管待。至夜，各自归于卧所。且说邓昆至更深，自思：『如今天时已归西周，纣王荒淫不道，谅亦不久；况黄飞虎又是两姨，被陷在此，使吾掣肘，如之奈何！且武王功德日盛，有龙凤之姿，天日之表，真是应运之王。子牙又善用兵，门下又是些道术之客，此关岂能为纣王久守哉。不若归周，以顺天时。只恐芮吉不从，奈何！且俟明日以言挑他，看他意思何如，再为道理。』就思想了半夜。不说邓昆已有意归周，且表芮吉自与武王见阵，进关虽是吃酒，心上暗自沉吟：『人言武王有德，果然气宇不同。子牙善能用兵，果然门下俱是异士。今三分天下，周有其二，眼见得此关如何守！不若献关归降，以免兵革之苦。只不知邓昆心上如何？

且慢慢将言语探他，便知虚实。』两下里俱各有意。不题。

只见次日，二侯升殿坐下，众将官参谒毕，邓昆曰：『关中将寡兵微，昨日临阵，果然姜尚用兵有法，所助者又是些道术之士。国事艰难，如之奈何？』卞吉曰：『国家兴隆，自有豪杰来佐，又岂在人之多寡哉！』邓昆曰：『卞将军之言虽是，但目下难支，奈何？』卞吉曰：『今关外尚有此幡，阻住周兵，料姜尚不能过此。』芮吉听了他二人说话，心中自忖：『邓昆已有意归周。』不觉至晚，饮了数杯，各散。邓昆令心腹人密请芮侯饮酒。芮吉闻命，欣然而来。二侯执手至密室相叙。左右掌起烛来。二侯对面传杯。正是：

二侯有意归真主，自有高人送信来。

且不言二侯正在密室中饮酒，欲待要说心事，彼此不好擅出其口。只见子牙在营中运筹取关，又多了那首幡，阻在路上，欲别寻路径，又不知他关中虚实，黄飞虎等下落，无计可施。忽然想起土行孙来，随唤土行孙吩咐：『你今晚可进关去，……如此如此探听，不得有误。』土行孙得令，把精神抖擞，至一更时分，径进关来。先往禁中来看南宫适等三人。土行孙见看守的尚未曾睡，不敢妄动，却往别处行走。只见来至前面，听得邓、芮二侯在那厢饮酒。土行孙便躲在地下听他们说些甚么。只见邓昆屏退左右，笑谓芮吉曰：『贤弟，我们说句笑话。你说将来还是周兴，还是纣兴，你我私议，各出己见，不要藏隐，总无外人知道。』芮侯亦笑曰：『兄长下问，使弟如何敢尽言。若说我等的识见洪远，又有所不敢言；若是模糊应答，兄长又笑小弟是无用之物，弟终讷于言。』邓昆笑曰：『我与你虽为

各姓，情同骨肉，此时出君之口，入吾之耳，又何本心之不可说哉。贤弟勿疑！』芮吉曰：『大丈夫既与同心之友谈天下政事，若不明目张胆倾吐一番，又何取其能担当天下事，为识时务之俊杰哉。据弟愚见，你我如今虽奉敕协同守关，不过强逆天心民意，是岂人民之所愿者也！今主上失德，四海分崩，诸侯叛乱，思得明主，天下事不卜可知。况周武仁德播布四海，姜尚贤能，辅相国务，又有三山五岳道术之士为之羽翼，是周日强盛，汤日衰弱，将来继商而有天下者，非周武而谁。前者会战，其规模气宇已自不同。但我等受国厚恩，惟以死报国，尽其职耳。承长兄下问，故敢以实告，其他非我知也。』邓昆笑曰：『贤弟这一番议论，足见洪谋远识，非他人所可及者，但可惜生不逢时，遇不得其主耳。将来纣为周擒，吾与贤弟不过徒然一死而已。愚兄固当与草木同朽，只可惜贤弟不能效古人所谓「良禽择木而栖，贤臣择主而仕」，以展贤弟之才。』言罢，咨嗟不已。芮吉笑曰：『据弟察兄之意，兄已有意归周，故以言探我耳。弟有此心久矣。果长兄有意归周，弟愿随鞭镫。』邓昆忙起身慰之曰：『非不才敢蓄此不臣之心，只以天命人心卜之，终非好消息，而徒死无益耳。既贤弟亦有此心，正所谓「二人同心，其利断金」，只吾辈无门可入，奈何？』芮吉曰：『慢慢寻思，再乘机会。』二人正商议绸缪，已被土行孙在地下听得详细，喜不自胜，思想：『不若乘此时会他一会，有何不可？也是我进关一场。引进二侯归周，也是功绩。』正是：

世间万事由天数，引得贤侯归武王。

话说土行孙在黑影里钻将上来，现出身子，上前言曰：『二位贤侯请了！要归武王，吾与贤侯作引进。』道罢，

就把邓、芮二侯唬得半晌无言。土行孙曰：『二侯不要惊恐，吾乃是姜元帅麾下二运督粮官土行孙是也。』邓、芮二侯听毕，方才定神，问曰：『将军为何黄夜至此？』土行孙曰：『不瞒贤侯说，奉姜元帅将令，特来进关探听虚实。适才在地下听得二位贤侯有意归周，恨无引进，故敢轻冒，致惊大驾，幸无见罪。若果真意归周，不才预为先容。吾元帅谦恭下士，决不致有辜二侯之美意也。』邓、芮二侯听说，不胜欣喜，忙上前行礼曰：『不知将军前来，有失迎迓，望勿见罪。』邓昆复挽土行孙之手，叹曰：『大抵武王仁圣，故有公等高明之士为之辅弼耳。不才二人昨日因在阵上，见武王与姜元帅俱是盛德之士，天下不久归周，今日回关，与芮贤弟商议，不意为将军得知，实吾二人之幸也。』土行孙曰：『事不宜迟。将军可修书一封，俟我先报知姜元帅，候将军乘机献关，以便我等接应。』邓昆急忙向灯下修书，递与土行孙，曰：『烦将军报知姜元帅，设法取关。早晚将军还进关来，以便商议。』土行孙领命，把身子一愰，无影无形去了。二侯看了，目瞪口呆，咨嗟不已。有诗赞之，诗曰：

暗进临潼察事奇，二侯共议正逢时。
行孙引进归明主，不负元戎托所知。

话说土行孙来至中军，刚有五鼓时分，子牙还坐在后帐中等土行孙消息。忽然土行孙立于面前，子牙忙问其：『进关所行事体如何？』土行孙曰：『弟子奉命进关，三将还在禁中，因看守人不曾睡，不敢下手，复行至邓、芮二侯密室，见二人共议归周，恨无引进，被弟子现身见他，二侯大悦，有书在此呈上。』子牙接书，灯下观看，不觉大喜：

当晚初更，土行孙进关，来至邓、芮二侯密室。

『此真天子之福也！再行设策，以候消息。』令土行孙回帐。不表。

且说邓、芮二侯次日升殿坐下，众将来见。邓昆曰：『吾二人奉敕协守此关，以退周兵，昨日会战，未见雌雄，岂是大将之所为。明日整兵，务在一战以退周兵，早早班师以复王命，是吾愿也。』欧阳淳曰：『贤侯之言是也。』当日整顿兵马，一宿晚景。不题。次日，邓昆检点士卒，炮声响处，人马出关，至周营前搦战。邓昆见幽魂白骨幡竖在当道，就在这幡上发挥，忙令卞吉：『将此幡去了。』卞吉大惊曰：『贤侯在上：此幡是无价之宝，阻周兵全在于此；若去了此幡，临潼关休矣。』芮吉曰：『吾乃是朝廷钦差官，反走小径；你为偏将，倒行中道，周兵观之，深为不雅。纵有常胜，亦不为武。理当去了此幡。』卞吉自思：『若是去了此幡，恐无以胜敌人；若不去，彼为主将，我岂可与之抗礼。今既为父亲报仇，岂惜此一符也。』卞吉马上欠身曰：『二位贤侯不必去幡，请回关中一议，自然往返无碍耳。』邓、芮二侯俱进了关，卞吉忙画了三道灵符，邓、芮二侯每人一道，放在幞头里面。欧

阳淳一道放在盔里，复出关来，数骑往幡下过，就如寻常。二侯大喜，及至周营，对军政官曰：『报你主将出来答话。』探马报入中军，子牙即忙领众将出营。邓昆大呼曰：『姜子牙，今日与你共决雌雄也！』拍马杀入中阵来。只见子牙背后有黄飞彪、黄飞豹二马冲出，接住邓、芮二侯厮杀。四骑相交，正在酣战之下，卞吉看不过，大呼曰：『吾来助战，二侯勿惧！』武吉出马，接住大战。只见卞吉拨马往幡下就走；武吉不赶。子牙见只有邓、芮二侯相战，忙令鸣金，两边各自回军。子牙看见邓、芮四将往幡下径自去了，心中着实迟疑，进营坐下，沉吟自思：『前日只是卞吉一人行走得，余则昏迷；今日如何他四人俱往幡下行得？』土行孙曰：『元帅迟疑，莫不是为着那幡下他四人都走得么？』子牙曰：『正为此说。』土行孙曰：『这有何难，侯弟子今日再往关内去走一遭，便知端的。』子牙大喜曰：『当宜速行。』当晚初更，土行孙进关，来至邓、芮二侯密室。二侯见土行孙来至，不胜大喜曰：『正望公来！那幡名唤幽魂白骨幡，再无法可治。今日被我二人刁难他，他将一道符与我们顶在头上，往幡下过，就如平常，安然无事。足下可持此符献与姜元帅，速速进兵，吾自有献关之策也。』土行孙得符，辞了二侯，往大营来，见子牙备言前事。子牙大喜，取符一看，子牙已识得符中妙诀，取朱砂书符，吩咐众将。不知卞吉吉凶如何，且听下回分解。

第八十六回　渑池县五岳归天

诗曰：

渑池小县亦屏商，主将英雄却异常。
吐雾神驹真鲜得，地行妙术更难量。
二王年少因他死，五岳奇谋为尔亡。
惟有智多杨督运，腾挪先杀老萱堂。

话说子牙将所用之符画完，吩咐军政官擂鼓，众将上帐参见。子牙曰：『你众将俱各领符一道，藏在盔内，或在发中亦可。明日会战，候他败走，众将先赶去，抢了他的白骨幡，然后攻他关隘。』众将听毕，领了符命，无不欢喜。次日，子牙大队而出，遥指关上搦战。探马报知，邓、芮二侯命卞吉出马。卞吉领令出关，可怜：

丹心枉作千年计，死到临头尚不知。

卞吉上马出关，径往幡下来，大呼曰：『今日定拿你成功也！』纵马摇戟，直奔子牙。只见子牙左右一干大小将官冲杀过来，把卞吉围在垓心，锣鼓齐鸣，喊声四起，只杀得烟雾迷空。怎见得，有诗为证，诗曰：

杀气漫漫锁太华，戈声响亮乱交加。
五关今属西岐主，万载名垂赞子牙。

只见子牙左右一干大小将官冲杀过来，把卞吉围在垓心，锣鼓齐鸣，喊声四起，只杀得烟雾迷空。

话说卞吉被众将困在垓心，不能得出，忽然一戟刺中赵丙肩窝，赵丙闪开，卞吉乘空跳出阵来，径往幡下逃去。周营一干众将随后赶来。卞吉那知暗里已漏消息，尚自妄想拿人。卞吉复兜回马，伺候家将拿人，只见数将赶过幡下，径杀奔前来。卞吉大惊曰：『此是天丧成汤社稷，如何此宝无灵也！』不敢复战，随败进关来，闭门不出。子牙也不赶他，命诸将先将此幡收了。韦护取了降魔杵，又将雷震子黄金棍取了，掌鼓回营。且说卞吉进关来，见邓、芮二侯。不知二侯已自归周，就要寻事处治卞吉。忽报：『卞吉回见。』行至阶下，芮吉曰：『想今日卞将军擒有几个周将。』卞吉曰：『今日末将会战，周营有十数员大将围裹当时，末将刺中一将，乘空败走，引入幡下，以便擒拿他几员；不知何故，他众将一拥前来，俱往幡下过来。此乃天丧成汤，非末将战不胜之罪也。』芮吉笑曰：『前日擒三将，此幡就灵验；今日如何此幡就不准了？』邓昆曰：『此无他说，卞吉见关内兵微将寡，周兵势大，此关难以久守，故与周营私通，假输一阵，使众将一拥而入，以献此关

耳。幸军士随即紧闭，未遂贼计，不然，吾等皆为掳矣。此等逆贼，留之终属后患。』喝令两边刀斧手：『拿下枭首示众！』可怜！正是：

一点丹心成画饼，怨魂空逐杜鹃啼。

卞吉不及分辩，被左右拿下，推出帅府，即时斩了首级号令。欧阳淳不知其故，见斩了卞吉，目瞪口呆，心下茫然。邓、芮二侯谓欧阳淳曰：『卞吉不知天命，故意逗留军机，理宜斩首。我二人实对将军说：方今成汤气数将终，荒淫不道，人心已离，天命不保；天下诸侯久已归周，只有此关之隔耳。今关中又无大将，足抵周兵，终是不能拒守。不若我等与将军将此关献于周武，共伐无道。正所谓「顺天者昌，逆天者亡」。且周营俱是道术之士，我等皆非他的对手。固然我与你俱当死君之难，但无道之君，天下共弃之，你我徒死无益耳。愿将军思之。』欧阳淳大怒，骂曰：『食君之禄，不思报本，反欲献关，甘心降贼，屈杀卞吉，此真狗彘之不若也！我欧阳淳其首可断，其身可碎，而此心决不负成汤之恩，甘效辜恩负义之贼也！』邓、芮二侯大喝曰：『今天下诸侯尽已归周，难道俱是负成汤之恩者！止不过为独夫残虐生民，万姓涂炭。周武兴吊民伐罪之师，汝安得以叛逆目之。真不识天时之匹夫！』欧阳淳大呼曰：『陛下误用奸邪，反卖国求荣，吾先杀此逆贼，以报君恩！』仗剑来杀邓、芮二侯。二侯亦仗剑来迎，杀在殿上，双战欧阳淳，欧阳淳如何战得过，被芮吉吼一声，一剑砍倒欧阳淳，枭了首级。正是：

为国亡身全大节，二侯察理顺天心。

话说二侯杀了欧阳淳，监中放出四将。黄飞虎上殿来，见是姨丈邓昆，二人相会大喜，各诉衷肠。芮吉传令：『速行开关。』先放四将来大营报信。四将至辕门，军政官报入中军，子牙大喜，忙令进帐来。四将至中军见礼毕，子牙问其详细，只见左右报：『邓昆、芮吉至辕门听令。』子牙传令：『令来。』二侯至中军，子牙迎下座来，二侯下拜，子牙搀住，安慰曰：『今日贤侯归周，真不失贤臣择主而仕之智！』二侯曰：『请元帅进关安民。』子牙传令，催人马进关。武王亦起驾随行。大军就地欢呼，人心大悦。武王来至帅府，查过户口册籍；关中人民父老，俱牵羊担酒，迎迓王师。武王命殿前治宴，管待东征大小众将，犒赏三军。住了数日，子牙传令：『起兵往渑池县。』好人马！一路上怎见得，有诗赞之，诗曰：

杀气迷空千里长，旌旗招展日无光。
层层铁钺锋如雪，对对钢刀刃似霜。
人胜登山豺虎猛，马过出水蟒龙刚。
渑池此际交兵日，『五岳』齐遭剑下亡。

话说子牙人马在路前行，不一日，探马报曰：『启元帅：前至渑池县了，请令定夺。』子牙传令：『安营。』点炮呐喊。话说渑池县总兵官张奎听得周兵来至，忙升帅府坐下。左右有二位先行官，乃是王佐、郑椿，上厅来见张奎。奎曰：『今日周兵进了五关，与帝都止有一河之隔，幸赖吾在此，尚可支撑。』张奎打点御敌。且说姜元帅次日

升帐，命将出军，忽报：『有东伯侯差官下书。』子牙传令：『令来。』差官至军前行礼毕，将书呈上。子牙拆书观看。子牙看书毕，问左右曰：『如今东伯侯姜文焕求借救兵，我这里必定发兵才是。』旁有黄飞虎答曰：『天下诸侯皆仰望我周，岂有坐视不救之理。元帅当得发兵救援，以定天下诸侯之心。』子牙传令，问：『谁去取游魂关走一遭？』旁有金、木二吒欠身曰：『弟子不才，愿去取游魂关。』子牙许之，分一支人马与二人去了。不表。且说子牙吩咐：『谁去渑池县取头一功？』南宫适应声愿往，领令出营，至城下搦战。张奎闻报，问左右先行：『谁人出马？』有王佐愿往，领兵开放城门，来至军前。南宫适大呼曰：『五关皆为周有，止此弹丸之地，何不早献，以免诛身之祸。』王佐骂曰：『无知匹夫！你等叛逆不道，罪恶贯盈，今日自来送死也！』纵马舞刀来取。南宫适手中刀拍面交还。战有二三十回合，被南宫适手起刀落，早把王佐挥为两段。南宫适得胜回营报功，子牙大喜。只见报马报进城来。张奎闻报王佐失机，心下十分不快。次日，又报：『周将黄飞虎搦战。』郑椿出马，与黄飞虎大战二十合，被黄飞虎一枪刺于马下，枭了首级回营。子牙大喜。话说张奎又见郑椿失利，着实烦恼。子牙见连日斩他二将，命左右军士一齐攻城。众将率领军士，放炮呐喊，前来攻城。城上士卒来报张奎，张奎在后厅闻报，与夫人高兰英商议：『如今孤城难守，连折二将，如之奈何？』高兰英曰：『将军有此道术，况且又有坐骑可以成功，何惧贼兵哉？』奎曰：『夫人不知，五关之内多少英雄，俱不能阻逆，一旦至此，天意可知。今主上犹荒淫如故，为臣岂能安于枕席。』夫妻正议，又报：『周兵攻城甚急。』张奎即时上马提刀，夫人掠阵，开放城门，一骑当先。只见子牙门下众将左右分开，张奎大呼曰：『姜元帅慢来！』子牙上前曰：『张将军，你可知天意？速速早降，不失封侯之位；若自执迷不悟，与五关为例。』张奎笑曰：『你逆天罔上，侥幸至此，量你今日死无葬身之地矣。』子牙笑曰：『天时人事，不问可知，只足下迷而不悟耳。此去朝歌不过数百里，一河之隔，四面八方，天下诸侯云集，谅你区区弹丸之地，投鞭可实，何敢拒吾师哉！此正谓大厦将倾，一木安能支撑，徒自取灭亡耳！』张奎大怒，催开马，使手中刀，飞来直取子牙。后面姬叔明、姬叔昇二殿下走马大呼：『少冲吾阵！』两条枪急架忙迎。好张奎！使开刀力战二将。有诗为证：

臂膊抡开好用兵，空中各自下无情。
吹毛利刃分先后，刺骨尖锋定死生。
恶战止图麟阁姓，苦争只为史篇名。
张奎刀法真无比，到处成功定太平。

话说姬叔明等二将见战张奎不下，二位殿下掩一枪，诈败而走，指望回马枪挑张奎；不知张奎的坐骑甚奇，名为『独角乌烟兽』，其快如神。张奎让二将去有三四射之地，他把马上角一拍，那马如一阵乌烟，似飞云掣电而来。姬叔明听得有人追赶，以为得计时，不意张奎已至后面，措手不及，被张奎一刀挥于马下。姬叔昇见其兄落马，及至回马，又被张奎顺手一刀，也是两段。可怜金枝玉叶，一旦遭殃！子牙大惊，急鸣金收兵。张奎也掌鼓进城。子牙见折

了二位殿下，收军回营，心下不乐。武王闻知丧了二弟，掩面而哭，进后营去了。张奎连斩二将，心中甚喜。夫妻二人商议，具表进朝歌。不题。

且言子牙闷坐帐上，谓诸将曰：『料渑池不过一小县，反伤了二位殿下！』只见众将齐说：『张奎的马有些奇异，其快如风，故此二位殿下措手不及，以致丧身。』众将正猜疑时，忽报：『北伯侯崇黑虎至辕门求见。』子牙传令：『请来。』崇黑虎同文聘、崔英、蒋雄上帐来，参谒子牙。子牙忙下帐，迎接上帐，各叙礼毕，子牙曰：『君侯兵至孟津几时了？』黑虎曰：『不才自起兵取了陈塘关，人马已至孟津扎营数月矣。今闻元帅大兵至此，特来大营奉谒，愿元帅早会诸侯，共伐无道。』子牙大喜。有武成王与崇黑虎相见，感谢黑虎曰：『昔日蒙君侯相助，擒斩高继能，此德尚未图报，时刻不敢有忘，铭刻五内。』彼此逊谢毕。子牙吩咐营中治酒，管待崇黑虎等。正是：

死生有数天生定，『五岳』相逢绝渑池。

当日酒散。次日，子牙升帐，众将参谒。忽报：『张奎搦战。』哨马报入中军，子牙问：『今日谁人战张奎走一遭？』崇黑虎曰：『末将今日来至，当得效劳。』只见文聘、崔英、蒋雄三人也要同去。子牙大喜。四将同出大营，领本部人马摆开，崇黑虎催开了金睛兽，举双板斧，飞临阵前，大呼曰：『张奎！天兵已至，何不早降，尚敢逆天，自取灭亡哉！』张奎大怒，骂曰：『无义匹夫！你乃是弑兄图位，天下不仁之贼，焉敢口出大言！』催开马，使手中刀飞来直取。崇黑虎举双斧急架忙迎。文聘大怒，发马摇叉，冲杀过来。崔英八楞锤一似流星；蒋雄的抓绒绳飞起；

一齐上前，把张奎裹在当中。却说子牙在帐上见黄飞虎站立在旁，子牙曰：『黄将军，崇侯今日会战，你可去掠阵助他，也不负昔日崇侯曾为将军郎君报仇。』黄飞虎领令出营，见四将与张奎大战，黄飞虎自思：『吾在此谅阵，不见我之情分，不若走骑成功，何不为美。』黄飞虎将五色神牛催开，大呼曰：『崇君侯，吾来也！』此正是『五岳逢七杀』，大抵天数已定，毕竟难逃。只见五将裹住张奎，这场大战。怎见得，有赞为证：

只杀得愁云惨淡，旭日昏尘，征夫马上抖精神。号带飘扬，千条瑞彩满空飞；剑戟参差，三冬白雪漫阵舞。崇黑虎双板斧纷纭上下；文聘的托天叉左右交加；崔英的八楞锤如流星荡漾；蒋雄的五爪抓似蒺藜飞扬；黄飞虎长枪如大蟒出穴。好张奎，敌五将，似猛虎翻腾。刀架斧，斧劈刀，叮当响亮；叉迎刀，刀架叉，有叱咤之声；锤打刀，刀架锤，不离其身；抓分顶，刀掠处，全凭心力；枪刺来，刀隔架，纯是精神。五员将鞍鞒上各施巧妙，只杀得刮地寒风声拉杂，荡起征尘飞铠甲，渑池城下立功勋，数定『五岳』逢『七杀』。

话说五将把张奎围在垓心，战有三四十回合，未分胜负。崇黑虎暗思：『既来立功，又何必与他恋战。』把坐下金睛兽一兜，跳出圈子，诈败就走，好放神鹰。四将知机，也便拨马跟黑虎败走。他不知张奎坐骑其快如风，也是『五岳』命该如此，只见张奎等五将去有三二箭之地，把马顶上角一拍，一阵乌烟，即时在文聘背后，手起一刀，把文聘挥于马下。崇黑虎急用手去揭葫芦盖，已是不及，早被张奎一刀砍为两段。崔英勒回马来时，张奎使开刀又战三将。忽然桃花马走，一员女将用两口日月刀，飞出阵来，乃是高兰英来助张奎。这妇人取出个红葫芦来，祭出四十九

根太阳金针，射住三将眼目，观看不明，早被张奎连斩三将下马。可怜五将一阵而亡！有诗为证，诗曰：

五将东征会渑池，时逢『七杀』数应奇。
忠肝化碧犹啼血，义胆成灰永不移。
千古英风垂泰岳，万年禋祀祝嵩尸。
五方帝位多隆宠，报国孤忠史册垂。

话说张奎连诛五将，哨马报与子牙，子牙大惊：『如何就诛了五将？』掠阵官备言张奎的马有些利害，故此五将俱措手不及，以致失利。子牙见折了黄飞虎，着实伤悼。正寻思之间，忽报：『杨戬催粮至辕门等令。』子牙传令：『令来。』至中军，参谒毕，禀曰：『弟子督粮已进五关，今愿缴督粮印，随军征伐立功。』子牙曰：『此时将会孟津，也要你等在中军协助。』杨戬立在一旁，听得武成王黄将军已死，杨戬叹曰：『黄氏一门忠烈，父子捐躯，以为王室，不过留清芬于简编耳！』又问：『张奎有何本领，先行为何不去会他？』哪吒曰：『崇君侯意欲见功，不才先要让他，岂好占越，不意俱遭其害。』正言间，只见左右来报：『张奎搦战。』有黄飞彪愿为长兄报仇，子牙许之，杨戬掠阵。黄飞彪出营，见张奎也不答话，挺枪直取。张奎的刀急架忙迎。两马相交，一场大战，约有二三十合。黄飞彪急于为兄报仇，其力量非张奎对手，枪法渐乱，被张奎一刀挥于马下。杨戬掠阵，见张奎把黄飞彪斩于马下，又见他的马顶上有角，就知此马有些原故：『待吾除之！』杨戬纵马摇刀，大呼曰：『张奎休走！吾来也！』张奎

问曰：『你是何人，也自来取死？』杨戬答曰：『你这匹夫，屡以邪术坏吾诸将，吾特来拿你，碎尸万段，以泄众将之恨！』举三尖刀劈面砍来。张奎手中刀急架相还。二马相交，双刀并举。怎见得一场大战，有赞为证，赞曰：

二将棋逢敌手，阵前各逞豪强。翻来覆去岂寻常，真似一对虎狼形状。这一个会腾挪变化；那一个会搅海翻江。刀来刀架两无防，两个将军一样。

话说张奎与杨戬大战，有三十回合，杨戬故意卖个破绽，被张奎撞个满怀，伸出手抓住杨戬腰带，拎过鞍鞒。正是：

张奎今日擒杨戬，眼见丧了黑烟驹。

张奎活捉了杨戬，掌鼓进县，升厅坐下，令：『将周将推来！』左右将杨戬拥至厅前，杨戬站立。张奎大喝曰：『既被吾擒，为何不跪？』杨戬曰：『无知匹夫！我与你既为敌国，今日被擒，有死而已，何必多言！』张奎大怒，命左右：『推出斩首号令！』只见左右将杨戬

武王亦起驾随行。大军就地欢呼，人心大悦。

斩讫，持首级号令。张奎方欲坐下，不一时，只见管马的来报：『启老爷得知：祸事不小！』张奎大惊：『甚么祸事！』管马的曰：『老爷的马好好的吊下头来。』张奎听得此言，不觉失色，顿足曰：『吾成大功，全仗此乌烟兽，岂知今日无故吊下头来！』正在厅上急得三尸神暴跳，七窍内烟生，忽报：『方才被擒的周将又来搦战。』张奎顿然醒悟：『吾中了此贼奸计！』随即换马，提刀在手，复出城来；一见杨戬，大骂：『逆贼擅坏吾龙驹，气杀我也！怎肯干休？』杨戬笑曰：『你仗此马伤吾周将，我先杀此马，然后再杀你的驴头！』张奎切齿大骂曰：『不要走！吃吾一刀！』使开手中刀来取。杨戬的刀急架相迎。又战二十合，杨戬又卖个破绽，被张奎又抓住腰内丝绦，轻轻拎将过去，二次擒来。张奎大怒曰：『这番看你怎能脱去！』正是：

张奎二次擒杨戬，只恐萱堂血染衣。

张奎捉了杨戬进城，坐在厅上。忽报，后边夫人高兰英来至面前，因问其故，张奎长吁叹曰：『夫人，我为官多年，得许大功劳，全仗此乌烟兽。今日周将杨戬用邪术坏吾龙驹，这次又被我擒来，还是将何法治之？』夫人曰：『推来我看。』传令：『将杨戬推来。』少时，推至厅前，高兰英一见，笑曰：『吾自有处治：将乌鸡黑犬血取来，再用尿粪和匀，先穿起他的琵琶骨，将血浇在他的头上，又用符印镇住，然后斩之。』张奎如法制度。夫妻二人齐出府前，看左右一一如此施行。高兰英用符印毕，先将血粪往杨戬头上浇，手起一刀，将首级砍落在地。夫妻大喜，方才进府来到厅前，忽听得后边丫环飞报出厅来，哭禀曰：『启老爷，夫人：不好了！老太太正在香房，不知哪里秽污

血粪把太太浇了一头，随即就吊下头来，真是异事惊人！』张奎大叫曰：『又中了杨戬妖术！』放声大哭，如醉如痴一般。自思：『老母养育之恩未报，今因为国，反将吾母丧命，真个痛杀我也！』忙取棺椁收殓。不表。且说杨戬径进中军，来见子牙，备言：『……先斩其马，后杀其母，先惑乱其心，然后擒张奎不难矣。』子牙大喜曰：『此皆是你不世之功。』且说张奎思报母仇，上马提刀，来周营搦战。不知凶吉如何，且听下回分解。

第八十七回　土行孙夫妻阵亡

诗曰：

地行妙术法应玄，谁识张奎更占先。
猛兽崖前身已死，渑池城下妇归泉。
许多功业成何用，几度勋名亦枉然。
留得两行青史在，从来成败总由天。

话说子牙在中军正议进兵之策，忽报：『张奎搦战。』哪吒曰：『弟子愿往。』蹬风火轮而出，现出八臂三首，来战张奎，大呼曰：『张奎若不早降，悔之晚矣！』张奎大怒，催开马，仗手中刀来取。哪吒使手中枪劈面迎来。未及三五合，哪吒将九龙神火罩祭起去，把张奎连人带马罩住。用手一拍，只见九条火龙一齐吐出烟火，遍地烧来。不知张奎会地行之术，如土行孙一般。彼时张奎见罩落将下来，知道不好，他先滚下马，就地下去了。哪吒不曾有心看，几乎误了大事，只是烧死他一匹马。哪吒掌鼓回营，见子牙，说：『张奎已被烧死。』子牙大喜。不表。且说张奎进城，对妻子曰：『今日与哪吒接战，果然利害，被他提起火龙罩将我罩住，若不是我有地行之术，几乎被他烧死。』高兰英曰：『将军今夜何不地行进他营寨，刺杀武王君臣，不是一计成功，大事已定？又何必与他争能较胜耶！』张奎深悟曰：『夫人之言甚是有理。只因被杨戬可恶，暗害吾老母，惑乱吾

杨戬手中刀赴面交还。两马相交，双刀并举。

心，连日神思不定，几乎忘了。今夜必定成功。』张奎打点收拾，暗带利刃进营。正是：

武王洪福过尧舜，自有高人守大营。

话说子牙在帐中，闻得张奎已死，议取城池。至晚，发令箭，点练士卒，至三更造饭，四更整饬，五鼓登城，一鼓成功。子牙吩咐已毕。这也是天意，恰好是杨任巡外营。那是将近二更时分，张奎把身子一扭，径往周营而来，将至辕门，适遇杨任来至前营。不知杨任眼眶里长出来的两只手，手心里有两只眼，此眼上看天庭，下观地底，中看人间千里。彼时杨任忽见地下有张奎提一口刀径进辕门，杨任曰：『地下是张奎，慢来！有吾在此！』张奎大惊：『周营中有此等异人，如何是好！』自思：『吾在地下行得快，待吾进中军杀了姜尚，他就来也是迟的。』张奎仗刀径入，杨任一时着急，将云霞兽一磕，至三层圈子内，击云板，大呼曰：『有刺客进营！各哨仔细！』不一时合营齐起。子牙急忙升帐，众将官弓上弦，刀出鞘，两边火把灯球，照耀如同白昼。子牙问曰：『刺客从哪里来？』杨任进帐启曰：『张奎提刀在地下径进辕门。弟子故敢击云板报知。』子牙大惊曰：『昨日哪吒已把张奎烧死，今夜如何又有个张奎？』杨任曰：『此人还在此听元帅讲话。』子牙惊疑未定，旁有杨戬曰：『候弟子天明再作道理。』就把周营里乱了半夜。张奎情知不得成功，只得回去。杨任一双眼只看得地下张奎走出辕门，杨任也出辕门，只送张奎至城下方回。当时张奎进城，来至府中，高兰英问曰：『功业如何？』张奎只是摇头道：『利害！利害！周营中有许多高人，所以五关势如破竹，不能阻挡。』遂将进营的事细细说了一遍。夫人曰：『既然如此，可急修本竟往朝歌，请兵协守；不然，孤城岂能阻挡周兵？』张奎从其言，忙修本差官往朝歌。不表。

且说天明，杨戬往城下来，坐名叫：『张奎出来见我！』张奎闻报，上马提刀，开放城门，正是仇人见了仇人，大骂曰：『好匹夫！暗害吾母，与你不共戴天！』杨戬曰：『你这逆天之贼，若不杀你母，你也不知周营中利害。』张奎大叫：『我不杀杨戬，此恨怎休！』舞刀直取杨戬。杨戬手中刀赴面交还。两马相交，双刀并举。未及数合，杨戬祭起哮天犬来伤张奎。张奎见此犬奔来，忙下马，即时就不见了。杨戬观之，不觉咨嗟。正是：

张奎道术真伶俐，赛过周营土行孙。

话说杨戬回营来见子牙，子牙问曰：『今日会张奎，如何？』杨戬把张奎会地行道术说了一遍，『真好似

土行孙！夜来杨任之功莫大焉！』子牙大喜，传令：『以后只令杨任巡督内外，防守营门。』彼时张奎进城至府，见夫人高氏曰：『今会杨戬，料周营道术之士甚多，吾夫妻不能守此城也。依吾愚见，不若弃了渑池，且回朝歌，再作商议。你的意下如何？』夫人曰：『将军之言差矣！俺夫妻在此镇守多年，名扬四方，岂可一旦弃城而去。况此城关系不浅，乃朝歌屏障，今一弃此城，则黄河之险与周兵共之，这个断然不可！明日待我出去，自然成功。』次日，高兰英出城，至营前搦战。子牙正坐，忽报：『有一女将请战。』子牙问：『谁可出马？』有邓婵玉应声曰：『末将愿往。』子牙曰：『须要小心。』邓婵玉曰：『末将知道。』言罢上马，一声炮响，展两杆大红旗出营，大呼曰：『来将何人？快通名来！』高兰英观看，见是一员女将，心下疑惑，忙应曰：『吾非别人，乃镇守渑池张将军夫人高兰英是也。你是谁人？』邓婵玉曰：『吾乃是督运粮储士将军夫人邓婵玉是也。』高兰英听说，大骂：『贱人！你父子奉敕征讨，如何苟就成婚，今日有何面目归见故乡也！』邓婵玉大怒，舞双刀来取。高兰英一身缟素，将手中双刀急架来迎。二员女将，一红，一白，杀在城下。怎见得，有赞为证：

这一个顶上金盔耀日光；那一个束发银冠列凤凰。这一个黄金锁子连环铠；那一个千叶龙鳞甲更强。这一个猩猩血染红衲袄；那一个素白征袍似粉装。这一个是赤金映日红玛瑙；那一个是白雪初施玉琢娘。这一个似向阳红杏枝枝嫩；那一个似月下梨花带露香。这一个似五月榴花红似火；那一个似雪里梅花靠粉墙。这一个腰肢袅娜在鞍鞒上；

那一个体态风流十指长。这一个双刀愰愰如闪电；那一个二刃如锋劈面扬。分明是：广寒仙子临凡世，月里嫦娥降下方。两员女将天下少，红似银朱白似霜。

话说邓婵玉大战高兰英有二十回合，拨马就走。高兰英不知邓婵玉诈败，便随后赶来。婵玉闻脑后鸾铃响处，忙取五光石回手一下，正中高兰英面上，只打得嘴唇青肿，掩面而回。邓婵玉得胜进营，来见姜元帅，说高兰英被五光石打败进城。子牙方上功劳簿，只见左右官报：『二运官土行孙辕门等令。』子牙传：『令来。』土行孙上帐参谒：『弟子运粮已完，缴督粮印，愿随军征伐。』子牙曰：『今进五关，军粮有天下诸侯应付，不消你等督运，俱随军征进罢了。』土行孙下帐，来见众将，独不见黄将军，忙问哪吒，哪吒曰：『今渑池不过一小县，反将黄将军、崇君侯五人一阵而亡。昨张奎善有地行之术，比你分外精奇。前日进营，欲来行刺，多亏杨任救之。故此阻住吾师，不能前进。』土行孙听罢：『有这样事！当时吾师传吾此术，可称盖世无双，岂有此处又有异人也？待吾明日会他。』至后帐来问邓婵玉：『此事可真？』邓婵玉曰：『果是不差。』土行孙踌躇一夜。次早，上帐来见姜元帅：『愿去会张奎。』子牙许之。旁有杨戬、哪吒、邓婵玉俱欲去掠阵。土行孙许之。来至城下搦战。哨马报与张奎，张奎出城，见一矮子，问曰：『你是何人？』土行孙曰：『吾乃土行孙是也。』道罢，举手中棍滚将来，劈头就打。张奎手中刀急架来迎。二人大战，往往来来，未及数合，哪吒、杨戬齐出来助战。哪吒忙提起乾坤圈来打张奎。张奎看见，滚下马就不见了。土行孙也把身子一扭来赶张奎。张奎一见大惊：『周营中也有此妙术之人！』随在地底下，二人又复大

战。大抵张奎身子长大，不好转换；土行孙身子矮小，转换伶俐，故此或前或后，张奎反不济事，只得败去。土行孙赶了一程，赶不上，也自回来。那张奎地行术一日可行一千五百里，土行孙止行一千里，因此赶不上他，只得回营，来见子牙，言：『张奎果然好地行之术。此人若是阻住此间，深为不便。』子牙曰：『昔日你师父擒尔用指地成钢法，今欲治张奎，非此法不可。你如何学得此法以治之？』土行孙曰：『元帅可修书一封，待弟子去夹龙山见吾师，取此符印来，破了渑池县，遂得早会诸侯。』子牙大喜，忙修书付与土行孙。土行孙别了妻子，往夹龙山来。可怜！

正是：

　　丹心欲佐真明主，首级高悬在渑池。

土行孙径往夹龙山去。且说张奎被土行孙战败回来，见高兰英，双眉紧皱，长吁曰：『周营中有许多异人，如何是好？』夫人曰：『谁为异人？』张奎曰：『有一土行孙，也有地行之术，如之奈何！』高兰英曰：『如今再修告急表章，速往朝歌取救，俺夫妻二人死守此县，不必交兵，只等救兵前来，再为商议破敌。』夫妻正议，忽然一阵怪风飘来，甚是奇异。怎见得好风，有诗为证：

　　走石飞砂势更凶，推云拥雾乱行踪。
　　暗藏妖孽来窥户，又送孤帆过楚峰。

风过一阵，把府前宝纛旗一折两断。夫妻大惊曰：『此不祥之兆也。』高兰英随排香案，忙取金钱，排下一卦，已解其意。高兰英曰：『将军可速为之！土行孙往夹龙山取指地成钢之术，来破你也！不可迟误！』张奎大惊，忙忙收拾，结束停当，径往夹龙山去了。土行孙一日止行千里；张奎一日行一千五百里；张奎先到夹龙山，到个崖畔，潜等土行孙。等了一日，土行孙来至猛兽崖，远远望见飞龙洞，满心欢喜：『今日又至故土也！』不知张奎豫在崖旁，侧身躲匿，把刀拎起，只等他来。土行孙哪里知道？只是往前走。也是数该如此，看看来至面前，张奎大叫曰：『土行孙不要走！』土行孙及至抬头时，刀已落下，可怜砍了个连肩带背。张奎割了首级，径回渑池县来号令。后人有诗叹土行孙归周未受茅土之封，可怜无辜死于此地，有诗为证：

忆昔西岐归顺时，辅君督运未愆期。
进关盗宝功为首，劫寨偷营世所奇。
名播诸侯空啧啧，声扬宇宙恨丝丝。
夹龙山下亡身处，反本还元正在兹。

话说张奎非止一日来至渑池县，夫妻相见，将杀死土行孙一事说了一遍，夫妻大喜，随把土行孙的首级号令在城上。只见周营中探马见渑池县里号令出头来，近前看时，却是土行孙首级，忙报入中军：『启元帅：渑池县城上号令了土行孙首级，不知何故，请令定夺。』子牙曰：『他往夹龙山去了，不在行营，又未出阵，如何被害？』子牙掐指一算，拍案大呼曰：『土行孙死于无辜，是吾之过也！』子牙甚是伤感。不意帐后惊动了邓婵玉，闻知丈夫已死，

哭上帐来：『愿与夫主报仇！』子牙曰：『你还斟酌，不可造次。』邓婵玉哪里肯住？啼泣上马，来至城下，只叫：『张奎出来见我！』哨马报入城中：『有女将搦战。』高兰英曰：『这贱人！我正欲报一石之恨，今日合该死于此地！』高兰英上马提刀，先将一红葫芦执在手中，放出四十九根太阳神针，先在城里提出。邓婵玉只听得马响，二目被神针射住，观看不明，早被高兰英手起一刀，挥于马下，可怜！正是：

孟津未会诸侯面，今日夫妻丧渑池。

话说高兰英先祭太阳神针，射住婵玉二目，因此上斩了邓婵玉，进城号令了。哨马报入中军，备言前事。子牙着实伤悼，对众门人曰：『今高兰英有太阳神针，射人二目，非同小可，诸将俱要防备。』故此按兵不动，再设法以取此县。南宫适曰：『这一小县，今损无限大将，请元帅着人马四面攻打，此县可以踏为平地。』子牙传令，命：『三军四面攻打！』架起云梯火炮，三军呐喊，攻打甚急。张奎夫妻千方百计看守此城。一连攻打两昼夜，不能得下。子牙心中甚恼，且命：『暂退，再为设计；不然徒令军士劳苦无益耳。』众将鸣金收军回营。

且说张奎又修本往朝歌城来。差官渡了黄河，前至孟津，有四百镇诸侯驻扎人马。差官潜踪隐迹，一路无词，至馆驿中，歇了一宵。次日，将本至文书房投递。那日看本乃是微子。微子接本看了，忙入内庭，只见纣王在鹿台宴乐。微子至台下候旨，纣王宣上鹿台。微子行礼称臣毕，王曰：『皇伯有何奏章？』微子曰：

『武王兵进五关，已至渑池县，损兵折将，莫可支撑，危在旦夕。请陛下速发援兵，早来协守。不然，臣惟一死，以报君恩。何况此县离都城不过四五百里之远，陛下还在此台宴乐，全不以社稷为重，孟津现有南方、北方四百诸侯驻兵，候西伯共至商郊，事有燃眉之急。今见此报，使臣身心如焚，莫知所措。愿陛下早求贤士，以治国事，拜大将以剿反叛，改过恶而训军民，修仁政以回天变，庶不失成汤之宗庙也。』纣王闻奏大惊曰：『姬发反叛，而今已侵陷孤之关隘，覆军杀将，兵至渑池，情殊可恨！孤当御驾亲征，以除大恶。』中大夫飞廉奏曰：『陛下不可！今孟津有四百诸侯驻兵，一闻陛下出军，他让过陛下，阻住后路，首尾受敌，非万全之道也。陛下可出榜招贤，大悬赏格，自有高名之士应求而至。古云：「重赏之下，必有勇夫。」又何劳陛下亲御六师，与叛臣较胜于行伍哉？』纣王曰：『依卿所奏。速传旨，悬立赏格，张挂于朝歌四门，招选豪杰，才堪督府者，不次铨除。』四外哄动，就把个朝歌城内万民日受数次惊慌。只见一日来了三个豪杰，来揭榜文。守榜军士随同三人先往飞廉府里来参谒。门官报入中堂，飞廉道：『有请。』三人进府，与飞廉见礼毕，言曰：『闻天子招募天下贤士，愚下三人自知非才，但君父有事，愿捐躯敢效犬马。』飞廉见三人气宇清奇，就命赐坐。三人曰：『吾等俱是闾阎子民。大夫在上，子民焉敢坐。』飞廉曰：『求贤定国，聘杰安邦，虽高爵重禄，直受不辞，又何妨于一坐耶。』三人告过，方才坐下。飞廉曰：『三位姓甚？名谁？住居何所？』三人将一手本呈上，飞廉观看，原来是梅山人氏，一名袁洪，一名吴龙，一名常昊。此乃『梅山七圣』，先是三人

投见，以下俱陆续而来。袁洪者乃白猿精也；吴龙者乃蜈蚣精也；常昊者乃长蛇精也；俱借『袁』、『吴』、『常』三字取之为姓也。飞廉看了姓名，随带入朝门，来朝见纣王。飞廉入内庭，天子在显庆殿与恶来弈棋，当驾官启奏：『中大夫飞廉候旨。』王曰：『宣来。』飞廉见驾，奏曰：『臣启陛下：今有梅山三个杰士，应陛下求贤之诏，今在午门候旨。』纣王大悦：『传旨宣来。』少时，三人来至殿下，山呼拜毕，纣王赐三人平身，三人谢恩毕，侍立两旁。王曰：『卿等此来，有何妙策可擒逆贼？』袁洪奏曰：『姜尚以虚言巧语，纠合天下诸侯，鼓惑黎庶作反；依臣愚见，先破西岐，拿了姜尚，则八百诸侯望陛下降诏招安，赦免前罪，天下不战而自平也。』纣王闻奏，龙心大悦，封袁洪为大将，吴龙、常昊为先行，命殷破败为参军，雷开为五军总督，使殷成秀、雷鹍、雷鹏、鲁仁杰等俱随军征伐。纣王传旨，嘉庆殿排宴，庆赏诸臣。内有鲁仁杰自幼多读，广识英雄，见袁洪行事不按礼节，暗思曰：『观此人行事不是大将之才，且看他操演人马，便知端的。』当日宴散，次日谢恩。三日后下教场，操演三军。鲁仁杰看袁洪举动措置，俱不如法，谅非姜子牙敌手，但此时是用人之际，鲁仁杰也只得将机就计而已。次日，袁洪朝见纣王，王曰：『元帅可先领一支人马，往渑池县佐张奎以阻西兵，元帅意下如何？』袁洪曰：『以臣观之，都中之兵不宜远出。』纣王曰：『如何不宜远去？』袁洪奏曰：『今孟津已有南北二路诸侯驻扎，以窥其后，臣若往渑池，此二路诸侯拒守孟津，阻臣粮道，那时使臣前后受敌，此不战自败之道。况粮为三军生命，是军未行而先需者也。依臣之计，不若调二十万人马，阻住孟津之咽喉，使诸侯不能侵搅朝歌，一战成功，大事定矣。』纣王大悦：『卿言甚善，真乃社稷之臣！依卿所奏施行。』袁洪随调兵二十万，吴龙、常昊为先行，殷破败为参赞，雷开为五军都督，使殷成秀、雷鹍、雷鹏、鲁仁杰随军征伐，往孟津而来。不知胜负如何，且听下回分解。

第八十八回　武王白鱼跃龙舟

诗曰：

白鱼吉兆喜非常，预肇周家应瑞昌。
八百诸侯称硕德，千年师帅颂匡襄。
堂堂阵演三三叠，正正旗门六六行。
时雨师临民甚悦，成汤基业已消亡。

话说袁洪调兵往孟津驻扎，以阻诸侯咽喉。不表。且说渑池县张奎日夕望朝歌救兵，忽有报马报入府来：『天子招了新元帅袁洪，调兵二十万驻扎孟津，以阻诸侯；未见发兵来救渑池。』张奎闻报大惊曰：『天子不发救兵，此城如何拒守！况前有周兵，后有孟津，四百诸侯前后合攻，此取败之道。今反舍此不救，奈何？』忙与夫人高兰英共议。夫人曰：『料吾二人也可阻得住周兵。今袁洪拒住孟津，则南北诸侯也不能抄我之后。只打听袁洪得胜，若破了南北二侯，我再与你去合兵共破周武，再无有不胜之理。俺们如今只设法守城，不要与周将对敌；待他粮尽兵疲，一战成功，无有不克。此万全之道也。』张奎心下狐疑不定。且说子牙见渑池一个小县，攻打不下，反阵亡了许多将官，纳闷在中军，暗暗点首嗟叹：『可怜这些扶主定国英雄，沥胆披肝，止落得遗言在此，此身皆化为乌有！』子牙正在那里伤悼，忽辕门官来报：『有一道童求见。』子牙传令：『请来。』少时，

只见一道童至帐下行礼曰：『弟子乃夹龙山飞龙洞惧留孙的门人。因师兄土行孙在夹龙山猛兽崖被张奎所害，家师已知应上天之数，这是救不得的。只是过渑池须有原故。家师特着弟子来此下书，师叔便知端的。』子牙接上书来，展开观看，书曰：

道末惧留孙致书于大元帅子牙公麾下：前者土行孙合该于猛兽崖死于张奎之手，理数难逃，贫道只有望崖垂泣而已，言之可胜长叹！今张奎善于守城，急切难下，但他数亦当终。子牙公不可迟误，可令杨戬将贫道符印先在黄河岸边，等杨任、韦护追赶至此擒之。取城只用哪吒、雷震子足矣。子牙公须是亲自用调虎离山计，一战成功。此去自然坦夷，只候封神之后，再图会晤，不宣。

子牙看罢书，打发童子回山。当日子牙传令：『哪吒领令箭，雷震子领令箭前去，……如此而行。杨戬、杨任领柬贴前去，……如此。韦护领柬贴前去，……如此。』子牙俱吩咐已毕。至晚间，周营中炮响，三军呐喊，杀奔城下而来。张奎急上城，设法守护，百计千方防御，急切难下。子牙知张奎善于守城，且暂鸣金收兵。次日午末未初，请武王上帐相见：『今日请大王同老臣出营，看看渑池县城池，好去攻取。』武王乃忠厚君子，随应曰：『孤愿往。』即时同子牙出营，至城下周围看了。用手指曰：『大王若破此城，须用轰天大炮，方能攻打；此城一时可破也。』子牙与武王指画攻城，只见渑池城上哨探士卒报与张奎：『启老爷：姜子牙同一穿红袍的在城下探看城池。』张奎听报，即上城来看时，果是子牙同武王在城下周围指画。张奎自思曰：『姜尚欺吾太甚！只因连日吾坚守此城，不与他会战，他便欺我，至吾城下，肆行无忌，藐视吾无人物也。』随下城与夫人曰：『你可用心坚守此城，待我出城走去杀来，以除大患。』夫人上城观战。张奎上马拎刀，开了城门，一马飞来，大呼曰：『姬发、姜尚！今日你命难逃也！』正是：

计就月中擒玉兔，谋成日里捉金乌。

子牙同武王拨马向西而走。张奎赶来，周营中一将也不出来接应，张奎放心赶来。看看赶有三十里，只听得金鼓齐鸣，炮声响亮，三军呐喊，震动天地，周营中大小将官齐出营来，杀奔城下。高兰英在城上全装甲胄守护城池，忽听周营中又是炮响，不知其故。忽城上落下哪吒来，现三首八臂，脚踏风火轮，摇火尖枪杀来。高兰英急上马，用双刀抵住了哪吒。二人在城上不便争持，高兰英走马下城，哪吒随后赶来。雷震子又早展开二翅，飞上城来，使开黄金棍，把城上军士打开，随斩关落锁，周兵进城。高兰英见事不好，正欲取葫芦放太阳神针，早已不及，被哪吒一乾坤圈，打中顶上，翻下马来，又是一枪，死于非命，早往封神台去了。有诗为证，诗曰：

孤城死守为成汤，今日身亡实可伤。
全节全忠名不朽，女中贞烈万年扬。

话说雷震子、哪吒进了渑池县，军士见打死了主母，俱伏地请降。哪吒曰：『俱免汝死，候元帅来安民。』哪吒复向雷震子曰：『道兄且在城上拒住，吾还去接应师叔与武王，恐怕惊了主公。』雷震子曰：『道兄不可迟

好哪吒！把风火轮登开，往正西上赶来。

疑，当速行为是。』好哪吒！把风火轮登开，往正西上赶来。只见张奎正赶子牙有二十里远近，只听得炮声四起，喊声大振，心下甚是惊疑，也不去赶子牙。子牙在后面大呼曰：『张奎！你渑池已失，何不归降？』张奎心慌，情知中计，勒转马望旧路而来。天色又黑，正遇哪吒现三首八臂迎来。哪吒大骂曰：『逆贼！你今日还不下马受死，更待何时！』张奎大怒，摇刀直取。哪吒手中枪急架相还。未及数合，哪吒复祭起九龙神火罩罩来。张奎知此术利害，把身子一扭，往地下去了。哪吒见张奎预先走了，因想起土行孙的光景，心上不觉悲悼，往前来迎武王。张奎急走至城下，见雷震子立于城上，知城池已陷，夫人不知存亡，自思：『不若往朝歌，与袁洪合兵一处，再作道理。』话说哪吒上前迎接武王与子牙，一同回渑池县来，将大军进城屯扎，又将城上周将首级收殓，设祭祀之，仍于高阜处安葬。不表。

只见张奎全装甲胄，纵地行之术，往黄河大道而走，如风一般，飞云掣电而来。话说杨任远远望见张奎从地底下来了，杨任知会韦护曰：

『道兄，张奎来了。你须是仔细些，不要走了他。你看我手往哪里指，你就往哪边祭降魔杵镇之。』韦护曰：『谨领尊命。』且说张奎正走，远远看见杨任骑云霞兽，手心里那两只神光射耀眼往下看着他，大呼曰：『张奎不要走！今日你难逃此厄也！』张奎听得，魂不附体，不敢停滞，纵着地行法，『刷』的一声，须臾就走有一千五百里远。杨任在地上催着云霞兽，紧紧追赶。韦护在上头只看着杨任；杨任只看着张奎在地底下；如今三处看着，好赶！正是：

上边韦护观杨任，杨任生追『七杀神』。

话说张奎在地下见杨任紧紧跟随在他头上，如张奎往左，杨任也往左边来赶；张奎往右，杨任也往右边来赶。张奎无法，只是往前飞走。看着行至黄河岸边，前有杨戬奉柬帖在黄河岸边专等杨任。只见远远杨任追赶来了，杨任也看见了杨戬，乃大呼曰：『杨道兄！张奎来了！』杨戬听得，忙将三昧火烧了惧留孙指地成钢的符篆，立在黄河岸边。张奎正行，方至黄河，只见四处如同铁桶一般，半步莫动，左撞左不能通，右撞右不能通，撤身回来，后面犹如铁壁。张奎正慌忙无措，杨任用手往下一指，半空中韦护把降魔杵往下打来。此宝乃镇压邪魔护三教大法之物，可怜张奎怎禁得起。有诗为证，诗曰：

金光一道起空中，五彩云霞协用功。
鬼怪逢时皆绝迹，邪魔遇此尽成空。

皈依三教称慈善，镇压诸天护法雄。

今日黄河除『七杀』，千年英气贯长虹。

话说韦护祭起降魔杵，把张奎打成齑粉，一灵也往封神台去了。三位门人得胜，齐来见子牙，备言打死张奎，追赶至黄河之事，说了一遍。子牙大喜，在渑池县住了数日，择日起兵。

那日，整顿人马，离了渑池县，前往黄河而来。时近隆冬天气，众将官重重铁铠，叠叠征衣，寒气甚胜。怎见得好冷，有赞为证：

重衾无暖气，袖手似揣冰。败叶垂霜蕊，苍松挂冻铃。地裂因寒甚，池平为水凝。鱼舟空钓线，仙观没人行。樵子愁柴少，王孙喜炭增。征人须似铁，诗客笔如零。皮袄犹嫌薄，貂裘尚恨轻。蒲团僵老衲，纸帐旅魂惊。莫讶寒威重，兵行令若霆。

话说子牙人马来至黄河，左右报至中军。子牙吩咐：『借办民舟。』每只俱有工食银五钱，并不白用民船一只，万民乐业，无不欢呼感德，真所谓『时雨之师』。子牙传令，另备龙舟一只，装载武王。子牙与武王驾坐中舱，左右鼓棹，向中流进发。只听得黄河内泼浪滔天，风声大作，把武王龙舟泊在浪里颠播。武王曰：『相父，此舟为何这样掀播？』子牙曰：『黄河水急，平昔浪发也是不小的；况今日有风，又是龙舟，故此颠播。』武王曰：『推开舱门，俟孤看一看，何如？』子牙同武王推舱一看，好大浪！怎见得黄河叠浪千层，有诗为证：

洋洋光侵月，浩浩影浮天。灵派吞华岳，长流贯百川。千层凶浪滚，万叠峻波颠。岸口无渔火，沙头有鹭眠。茫然浑似海，一望更无边。

话说武王一见黄河，白浪滔天，一望无际，吓得面如土色。那龙舟只在浪里，或上，或下。忽然有一旋涡，水势分开，一声响亮，有一尾白鱼跳在船舱里来，就把武王吓了一跳。那鱼在舟中，左迸右跳，跳有四五尺高。武王问子牙曰：『此鱼入舟，主何凶吉？』子牙曰：『恭喜大王！贺喜大王！鱼入王舟者，主纣王该灭，周室当兴，正应大王继汤而有天下也。』子牙传令：『命庖人将此鱼烹来，与大王享之。』武王曰：『不可。』仍命掷之河中。子牙曰：『既入王舟，岂可舍此，正谓「天赐不取，反受其咎」，理宜食之，不可轻弃。』左右领子牙令，速命庖人烹来。不一时献上，子牙命赐诸将。少顷，风恬浪静，龙舟已渡黄河。

只见四百诸侯知周兵已至，打点前来迎接武王。子牙知武王乃仁德之主，岂肯欺君；恐众诸侯尊称武王，以致中馁，则大事去矣。须是预先吩咐过，然后相见，庶几不露出圭角；俟破纣之后，再作区处。乃对武王曰：『今舟虽抵岸，大王还在舟中，俟老臣先上岸，陈设器械，严整军威，以示武于诸侯，立定营栅，然后来请大王。』武王曰：『听凭相父设施。』子牙先上了岸，率大队人马至孟津，立下营寨。众诸侯齐至中军，来见子牙。子牙迎接上帐，相叙礼毕，子牙曰：『列位君侯见武王不必深言其伐君吊民之故，只以观政于商为辞，俟破纣之后，再作商议。』众诸侯大喜，俱依子牙之言。子牙令军政官与哪吒、杨戬前去迎请武王。后面又有西方二百诸侯随后过黄真个是天下诸侯会合，自是不同。

河，同武王车驾而进。真个是天下诸侯会合，自是不同。怎见得，有诗为证，诗曰：

今日诸侯会孟津，纷纷杀气满红尘。
旌旗向日飞龙凤，剑戟迎霜泣鬼神。
士卒赳赳歌化日，军民济济庆仁人。
应知世运当亨泰，四海讴吟总是春。

且说武王同西方二百诸侯来至孟津大营，探马报入中军帐，子牙率领南、北二方四百诸侯，又有数百小诸侯，齐来迎接。武王径进中军。先有：

东伯侯姜文焕　东南扬侯钟志明
南伯侯鄂顺　西南豫州侯姚楚亮
北伯侯崇应鸾　东北兖州侯彭祖寿
西伯侯武王发　夷门伯武高逵
左伯宗智明　右伯姚庶良

远伯常信仁　　近伯曹宗

邠州伯丁建吉

众诸侯进营，止有东伯侯姜文焕未曾进游魂关，乃序武王上帐。武王不肯。彼此固逊多时，武王同众诸侯交相下拜。天下诸侯俯伏曰：『今大王大驾特临此地，使众诸侯得睹天颜，仰观威德，早救民于水火之中，天下幸甚！万民幸甚！』武王深自谦让曰：『予小子发嗣位先王，孤德寡闻，惟恐有负前烈；谬蒙天下诸侯传檄相邀，特拜相父东会列位贤侯，观政于商。若曰予小子冒昧兴师，则予岂敢，惟望列位贤侯教之！』内有豫州侯姚楚亮对曰：『纣王无道，杀妻诛子，焚炙忠良，杀戮大臣，沉湎酒色，弗敬上天，郊庙不祀，播弃黎老，昵比罪人。皇天震怒，绝命于商。予等奉大王恭行天之罚，伐罪吊民，拯百姓于水火，正应天顺人之举，泄人神之愤，天下无不咸悦。若予等与大王坐视不理，厥罪惟均，望大王裁之。』武王曰：『纣王虽不行正道，俱臣下蔽惑之耳。今只观政于商，擒其嬖幸，令人君改其敝政，则天下自平矣。』彭祖寿曰：『天命靡常，惟有德者居之。昔尧有天下，因其子不肖，而禅位于舜。舜有天下，亦因其子之不肖，而禅位于禹。禹之子贤，能承继父业，于是相传至桀而德衰，暴虐夏政，天人怨之；故汤得行天之罚，放桀于南巢，伐夏而有天下。贤圣之君六七作，至于纣，罪恶贯盈，毁弃善政，戕贼不道，皇天震怒，降灾于商，爰命大王以代殷汤，大王幸毋固辞，以灰诸侯之心。』武王谦让未遑。子牙曰：『列位贤侯，今日亦非商议正事之时，俟至商郊，再有说话。』众诸侯佥曰：『相父之言是也。』武王命营中治酒，大宴诸侯。不表。

且说袁洪在营中，只见报马启曰：『今有武王兵至孟津下寨，大会诸侯，请元帅定夺。』殷破败听得，忙上前言曰：『周武乃天下叛逆元首，自兴兵至此，所在获捷；军威甚锐，元帅不可轻忽，务要严兵以待。』袁洪曰：『参军之言固善，料姜尚不过一磻溪村夫，有何本领，此皆诸关将士不用心，以致彼侥幸成功。参军放心，看吾一阵令他片甲不回。』次日，子牙升帐，众诸侯上帐参见，有夷门伯武高逵言曰：『启元帅：诸侯六百驻兵于此，俱未敢擅于用兵，止在此拒住，只候武王大驾来临，以凭裁夺。今日若不先擒袁洪，则匹夫尚自逞强，犹不知天吏之不可战也。望元帅早赐施行。』子牙曰：『贤侯之言甚善。吾必先下战书，然后会兵孟津，方可以示天下之恶惟天下之德可以克之。』众皆大喜。子牙忙修书，差杨戬往汤营内来下战书。杨戬领命，往成汤营前下马，大呼曰：『奉姜元帅将令，来下战书！』探事小校报与中军，袁洪听得周营来下战书，忙命左右：『令来。』只见军政官来至营门，令杨戬进见。杨戬至中军帐见袁洪，呈上战书。袁洪观看毕，乃曰：『吾不修回书，约定明日会兵便了。』杨戬回至中军，见子牙，言明日会兵。子牙传令与众诸侯：『明早会兵。』俱各各准备去了。次日，周营炮响，子牙调出大队人马，有六百诸侯齐出，当中是子牙人马，俱是大红旗；左是南伯侯鄂顺，右是北伯侯崇应鸾，尽是五色幡幢，真若盔山甲海，威势如彪，英雄似虎，布成阵势，三军呐喊，冲至军前。哨马报与袁洪，袁洪与众将出营观看子牙大兵队伍，只见天下诸侯雁翅排开，分于左右，当中是元帅姜尚，左有鄂顺，右有崇应鸾。有诗为

证，诗曰：

诸侯共计破朝歌，正是神仙遇劫魔。
百万雄师兴宇宙，奇功立在孟津河。
姜尚东征除虐政，诸侯拱手尊号令。
妖氛滚滚各争先，杨戬梅山收七圣。

话说袁洪在马上见姜子牙身穿道服，乘四不像，来至军前，左右排列有众位门人，次后武王乘逍遥马，南北分列众位诸侯。只见袁洪银盔素铠，坐下白马，使一条宾铁棍，担在鞍鞒，英雄凛凛。怎见得袁洪好处，有赞为证：

银盔素铠，缨络红凝。左插狼牙箭，右悬宝剑锋。横担宾铁棍，白马似神行。幼长梅山下，成功古洞中。曾受阴阳诀，又得天地灵。善能多变化，玄妙似人形。梅山称第一，保纣灭周兵。

话说子牙向前问曰：『来者莫非成汤元帅袁洪么？』袁洪曰：『你可就是姜尚？』子牙曰：『吾乃奉天征讨扫荡成汤天保大元帅。今天下归周，商纣无道，天下离心离德，只在旦夕受缚，料你一杯之水，安能救车薪之火哉！汝若早早倒戈纳降，尚待汝以不死；如若不肯，旦夕一朝兵败，玉石俱焚，虽欲求其独生，何可及哉。休得执迷，徒劳伊戚。』袁洪笑曰：『姜尚，你只知磻溪捕鱼，水有深浅，今幸而五关无有将才，让你深入重地，你敢于巧言令色，惑吾众听耶？』回顾左右先行曰：『谁与吾拿此鄙夫，以泄天下之愤？』旁有一人大呼曰：『元帅放心，待我成功！』

走马飞临阵前，摇手中枪直取姜子牙。旁有右伯侯姚庶良纵马摇手中斧，大呼曰：『匹夫慢来，有吾在此！』也不答话，两马相交，枪斧并举，一场大战。怎见得，有诗为证，诗曰：

征云荡荡透虚空，剑戟兵戈扰攘中。
今日姜公头一战，孟津血溅竹梢红。

话说姚庶良手中斧转换如飞，不知常昊乃是梅山一个蛇精，姚庶良乃是真实本领，哪里知道？只要成功。常昊不觉败下阵去，姚庶良便催马赶来。不知性命如何，且听下回分解。

第八十九回　纣王敲骨剖孕妇

诗曰：

纣王酷虐古今无，淫酗贪婪听美姝。
孕妇无辜遭恶劫，行人有难罹凶途。
遗讥简册称残贼，留与人间骂独夫。
天道悠悠难究竟，且将浊酒对花奴。

话说姚庶良随后赶来，常昊乃是蛇精，纵马，脚下起一阵旋风，卷起一团黑雾，连人带马罩住，方现出他原形，乃是一根大蟒蛇；把口一张，吐出一阵毒气。姚庶良禁不起，随昏于马下。常昊便下马取了首级，大呼曰：『今拿姜尚如姚庶良为例！』众诸侯之内，不知他是妖精，有兖州侯彭祖寿纵马摇枪，大呼曰：『匹夫敢伤吾大臣！』时有吴龙在袁洪右边，见常昊立功，忍不住使两口双刀，催开马，飞奔前来，曰：『不要冲吾阵脚！』也不答语，两骑相交，刀枪并举，杀在阵前。八百镇诸侯俱在左右，看着二将交兵，战未数合，吴龙掩一刀败走；彭祖寿随后赶来。吴龙乃是蜈蚣精，见彭祖寿将近，随现出原形；只见一阵风起，黑云卷来，妖气迷人，彭祖寿已不知人事，被吴龙一刀挥为两断。众诸侯不知何故，只见将官追下去就是一块黑云罩住，将官随即绝命。子牙旁边有杨戬对哪吒曰：『此二将俱不是正经人，似有些妖气。我与道兄一往，何如？』只见吴龙跃马舞马，飞奔军前，大呼曰：『谁来先啖吾双

刀？』哪吒登开风火轮，使火尖枪，现三首八臂迎来。吴龙曰：『来者是谁？』哪吒曰：『吾乃哪吒是也。你这业畜，怎敢将妖术伤吾诸侯！』把枪一摆，直刺吴龙。吴龙手中刀急架交还，未及三四合，被哪吒祭起九龙神火罩，响一声，将吴龙罩在里面。吴龙已化道青光去了。哪吒用手一拍，及至罩中现出九条火龙时，吴龙去之久矣。常昊见哪吒用火龙罩罩住吴龙，心中大怒，纵马持枪，大呼曰：『哪吒不要走！吾来也！』只见杨戬使三尖刀，纵银合马，同哪吒双战常昊。常昊见势不好，便败下阵去。杨戬也不赶他，取弹弓在手，随手发出金丸，照常昊打来。只见那金丸不知落于何处。哪吒后祭起神火罩，将常昊罩住；也似吴龙化一道赤光而去。袁洪见二将如此精奇，心下甚是欢喜，传令：『三军擂鼓！』袁洪纵马冲杀过来，大呼曰：『姜子牙！我与你见个雌雄！』旁有杨任见袁洪冲来，急催开了云霞兽，使开云飞枪，敌住袁洪。战有五七回合，杨任取出五火扇，照袁洪一扇，袁洪已预先走了，止烧死他一匹马。子牙鸣金，将队回营，升帐坐下，叹曰：『可惜伤了二路诸侯！』心下不乐。杨戬上帐曰：『今日弟子看他三人俱是妖怪之相，不似人形。方才哪吒祭神火罩，杨任用神火扇，弟子用金丸，俱不曾伤他，竟化青光而去。』只见众诸侯也都议论常昊、吴龙之术，纷纷不一。

且说袁洪回营，升帐坐下，见常昊、吴龙齐来参谒，袁洪曰：『哪吒罩儿，杨任的扇子，俱好利害！』吴龙笑曰：『他那罩与扇子只好降别人，哪里奈何得我们？只是今日指望拿了姜尚，谁知只坏了他两个诸侯，也不算成功。』袁洪一面修本往朝歌报捷，宽免天子忧心。且说鲁仁杰对殷成秀、雷鹏、雷鹍曰：『贤弟，今日你等见袁洪、

哪吒登开风火轮，使火尖枪，现三首八臂迎来。

吴龙、常昊与子牙会兵的光景么？』众人曰：『不知所以。』鲁仁杰曰：『此正所谓「国家将兴，必有祯祥；国家将亡，必有妖孽」。今日他三将俱是些妖孽，不似人形。今天下诸侯会兵此处，正是大敌；岂有这些妖邪能拒敌成功耶。』殷成秀曰：『长兄且莫忙说破，看他后来如何。』鲁仁杰曰：『总来吾受成汤三世之恩，岂敢有负国恩之理，惟一死以报国耳！』话说差官往朝歌，来至文书房内，飞廉接本观看，见袁洪报捷，连诛大镇叛逆诸侯彭祖寿、姚庶良，心中大喜，忙持着本上鹿台来见纣王。当驾官上台启曰：『有中大夫飞廉候旨。』纣王曰：『宣来。』左右将飞廉宣至殿前，参拜毕，俯伏奏曰：『今有元帅袁洪领敕镇守孟津，以逆天下诸侯；初阵斩兖州侯彭祖寿，右伯侯姚庶良，军威已振，大挫周兵锋锐。自兴师以来，未有今日之捷。此乃陛下洪福齐天，得此大帅，可计日奏功，以安社稷者也。特具本贲奏。』纣王闻奏大悦：『元帅袁洪连斩二逆，足破敌人之胆，其功莫大焉。传朕旨意，特敕奖谕，赐以锦袍、金珠，以励其功；仍以蜀锦百匹，宝钞万贯，

羊、酒等件以犒将士勤劳。务要用心料理，剿灭叛逆，另行分列茅土，朕不食言。钦哉！特谕。』飞廉顿首谢恩，领旨打点解犒赏往孟津去。不表。

且言妲己闻飞廉奏袁洪得胜奏捷，来见纣王曰：『妾苏氏恭喜陛下又得社稷之臣也！袁洪实有大将之才，永堪重任。似此奏捷，叛逆指日可平。臣妾不胜庆幸，实皇上无疆之福以启之耳。今特具觞为陛下称贺。』纣王曰：『御妻之言正合朕意。』命当驾官于鹿台上治九龙席，三妖同纣王共饮。此时正值仲冬天气，严威凛冽，寒气侵人。正饮之间，不觉彤云四起，乱舞梨花，当驾官启奏曰：『上天落雪了。』纣王大喜曰：『此时正好赏雪。』命左右暖注金樽，重斟杯斝，酣饮交欢。怎见好雪，有赞为证：

彤云密布，冷雾缤纷。彤云密布，朔风凛凛号空中；冷雾缤纷，大雪漫漫铺地下。真个是：六花片片飞琼，千树株株倚玉。须臾积粉，顷刻成盐。白鹦浑失素，皓鹤竟无形。平添四海三江水，压倒东西几树松。却便似：战败玉龙三百万；果然是：退鳞残甲满空飞。但只见：几家村舍如银砌，万里江山似玉图。好雪！真个是：柳絮满桥，梨花盖舍。柳絮满桥，桥边渔叟挂蓑衣；梨花盖舍，舍下野翁煨榾柮。客子难沽酒，苍头苦觅梅。洒洒潇潇裁蝶翅，飘飘荡荡剪鹅衣。团团滚滚随风势，飕飕冷气透幽帏。丰年祥瑞从天降，堪贺人间好事宜。

话说纣王与妲己共饮，又见大雪纷纷，忙传旨，命：『卷起毡帘，待朕同御妻、美人看雪。』侍驾官卷起帘幔，打扫积雪。纣王同妲己、胡喜媚、王贵人在台上，看朝歌城内外似银装世界，粉砌乾坤。王曰：『御妻，你自幼习学

歌声曲韵，何不把按雪景的曲儿唱一套，俟朕漫饮三杯。』妲己领旨，款启朱唇，轻舒莺舌，在鹿台上唱一个曲儿。真是：婉转莺声飞柳外，笙簧嘹亮自天来。曲曰：

才飞燕塞边，又洒向城门外。轻盈过玉桥去，虚飘临阆苑来。攘攘挨挨，颠倒把乾坤玉载。冻的长江上鱼沉雁杳，空林中虎啸猿哀。凭天降，冷祸胎，六花飘堕难禁耐，砌漫了白玉阶。宫帏里冷侵衣袂，那一时暖烘烘红日当头晒，扫彤云四开，现青天一派，瑞气祥光拥出来。

妲己唱罢，余韵悠扬，袅袅不绝。纣王大喜，连饮三大杯。一时雪俱止了，彤云渐散，日色复开。纣王同妲己凭栏，看朝歌积雪。忽见西门外，有一小河，此河不是活水河，因纣王造鹿台，挑取泥土，致成小河，适才雪水注积，因此行人不便，必跣足过河。只见有一老人跣足渡水，不甚惧冷，而行步且快。又有一少年人，亦跣足渡水，惧冷行缓，有惊怯之状。纣王在高处观之，尽得其态，问于妲己曰：『怪哉！怪哉！有这等异事！你看那老者渡水，反不怕冷，行步且快；这年少的反又怕冷，行走甚难，这不是反其事了？』妲己曰：『陛下不知，老者不甚怕冷，乃是少年父母精血正旺之时交媾成孕，所秉甚厚，故精血充满，骨髓皆盈，虽至末年，遇寒气犹不甚畏怯也。至若少年怕冷，乃是末年父母气血已衰，偶尔媾精成孕，所秉甚薄，精血既亏，髓皆不满，虽是少年，形同老迈，故遇寒冷而先畏怯也。』纣王笑曰：『此惑朕之言也！人秉父精母血而生，自然少壮老衰，岂有反其事之理？』妲己又曰：『陛下何不差官去拿来，便知端的。』纣王传旨：『命当驾官至西门，将渡水老者、少者俱拿来。』当驾

官领旨，忙出朝赶至西门，不分老少，即时一并拿来。老少民人曰：『你拿我们怎么？』侍臣曰：『天子要你去见。』老少民人曰：『吾等奉公守法，不欠钱粮，为何来拿我们？』侍臣曰：『只怕当今天子有好处到你们，也不可知。』正是：

平白行来因过水，谁知敲骨丧其生！

纣王在鹿台上专等渡水人民。却说侍驾官将二民拿至台下回旨：『启陛下：将老少二民拿至台下。』纣王命：『将斧砍开二民胫骨，取来看验。』左右把老者、少者腿俱砍断，拿上台看，果然老者髓满，少者髓浅。纣王大喜，命左右：『把尸拖出！』可怜无辜百姓，受此惨刑！后人有诗叹之，诗曰：

败叶飘飘落故宫，至今犹自起悲风。
独夫只听谗言妇，目下朝歌社稷空。

话说纣王见妲己如此神异，抚其背而言曰：『御妻真是神人，何灵异若此！』妲己曰：『妾虽系女流，少得阴符之术，其勘验阴阳，无不奇中。适才断胫验髓，此犹其易者也。至如妇人怀孕，一见便知他腹内有几月，是男，是女，面在腹内，或朝东、南、西、北，无不周知。』纣王曰：『方才老少人民断胫验髓，如此神异，朕得闻命矣；至如孕妇，再无有不妙之理。』命当驾官传旨：『民间搜取孕妇见朕。』奉御官往朝歌城来。正是：

天降大殃临孕妇，成汤社稷尽归周。

纣王将三妇人拿上鹿台，妲己指一妇人：『腹中是男，面朝左胁。』

话说奉御官在朝歌满城寻访，有三名孕妇，一齐拿往午门来。只见他夫妻难舍，抢地呼天，哀声痛惨，大呼曰：『我等百姓又不犯天子之法，不拖欠钱粮，为何拿我等有孕之妇？』子不舍母，母不舍子，悲悲泣泣，前遮后拥，扯进午门来。只见箕子在文书房共微子、微子启、微子衍、上大夫孙荣正议『袁洪为将，退天下诸侯之兵，不知何如』，只听得九龙桥闹闹嚷嚷，呼天叫地，哀声不绝。众人大惊，齐出文书房来，问其情由。见奉御官拉着两三个妇女而来。箕子问曰：『这是何故？』民妇泣曰：『吾等俱是女流，又不犯天子之法，为何拿我女人做甚么？老爷是天子之臣，当得为国为民，救我等蚁命！』言罢哭声不绝。箕子忙问奉御官。奉御官答曰：『皇上夜来听娘娘言语，将老少二民敲骨验髓，分别浅深，知其老少生育，皇上大喜。娘娘又奏，尚有剖腹验胎，知道阴阳。皇上听信斯言，特命臣等取此孕妇看验。』箕子听罢，大骂：『昏君！方今兵临城下，将至濠边，社稷不久丘墟，还听妖妇之言，造此无端罪业！左右且住！待吾面君谏止。』箕子怒气不息，

后随着微子等俱往鹿台来见驾。且说纣王在鹿台专等孕妇来看验，只见当驾官启曰：『有箕子等候旨。』王曰：『宣。』箕子至台上，俯伏大哭曰：『不意成汤相传数十世之天下，一旦丧于今日，而尚不知警戒修省，造此无辜恶业，你将何面目见先王之灵也！』纣王怒曰：『周武叛逆，今已有大帅袁洪足可御敌，斩将覆军，不日奏凯。朕偶因观雪，见朝涉者，有老少之分，行步之异，幸皇后分别甚明，朕得以决其疑，于理何害。今朕欲剖孕妇以验阴阳。有甚大事，你敢当面侮君，而妄言先王也！』箕子泣谏曰：『臣闻人秉天下之灵气以生，分别五官，为天地宣猷赞化，作民父母；未闻荼毒生灵，称为民父母者也。且人死不能复生，谁不爱此血躯，而轻弃以死耶。今陛下不敬上天，不修德政，天怒民怨，人日思乱；陛下尚不自省，犹杀此无辜妇女，臣恐八百诸侯屯兵孟津，旦夕不保。一旦兵临城下，又谁为陛下守此都城哉。只可惜商家宗裔为他人所掳，宗庙被他人所毁，宫殿为他人所居，百姓为他人之民，府库为他人之有，陛下还不自悔，犹听妇女之言，敲民骨，剔孕妇，臣恐周武人马一到，不用攻城，朝歌之民自然献之矣！军民与陛下作仇，只恨周武不能早至，军民欲箪食壶浆以迎之耳。虽陛下被掳，理之当然；只可怜二十八代神主，尽被天下诸侯之所毁，陛下此心忍之乎？』纣王大怒曰：『老匹夫！焉敢觌面侮君，以亡国视朕，不敬孰大于此！』命武士：『拿去打死！』箕子大叫曰：『臣死不足惜，只可惜你昏君败国，遗讥万世，纵孝子慈孙不能改也！』只见左右武士扶箕子方欲下台，只见台下有人大呼曰：『不可！』微子、微子启、微子衍三人上台，见纣王俯伏，呜咽不能成语，泣而奏曰：『箕子忠良，有功社稷。今日之谏，虽则过激，皆是为国之言。陛

下幸察之！陛下昔日剖比干之心，今又诛忠谏之口，社稷危在旦夕，而陛下不知悟，臣恐万姓怨愤，祸不旋踵也。幸陛下怜赦箕子，褒忠谏之名，庶几人心可挽，天意可回耳。』纣王见微子等齐来谏诤，不得已，乃曰：『听皇伯、皇兄之谏，将箕子废为庶民！』妲己在后殿出而奏曰：『陛下不可！箕子当面辱君，已无人臣礼；今若放之在外，必生怨望。倘与周武构谋，致生祸乱，那时表里受敌，为患不小。』纣王曰：『将何处治？』妲己曰：『依臣妾愚见，且将箕子剃发囚禁，为奴宫禁，以示国法，使民人不敢妄为，臣下亦不敢渎奏矣。』纣王闻奏大喜，将箕子竟囚之为奴。微子见如此光景，料成汤终无挽救之日，随即下台，与微子启、微子衍大哭曰：『我成汤继统六百年来，今日一旦被嗣君所失，是天亡我商也，奈之何哉！』微子与微子启兄弟二人商议曰：『我与你兄弟可将太庙中二十八代神主负往他州外郡，隐姓埋名，以存商代禋祀，不令同日绝灭可也。』微子启含泪应曰：『敢不如命！』于是三人打点收拾，投他州自隐。后孔圣称他三人曰：『微子去之；箕子为之奴；比干谏而死。』谓『殷有三仁』是也。后人有诗赞之：

莺啭商郊百草新，成汤宫殿已成尘。
为奴岂是存商祀，去国应知接后禋。
剖腹丹心成往事，割胎民妇又遭迍。
朝歌不日归周主，可惜成汤化鬼磷！

话说微子三人收拾行囊，投他州去了。纣王将三妇人拿上鹿台，妲己指一妇人：『腹中是男，面朝左胁。』一妇人：『也是男，面朝右胁。』命左右用刀剖开，毫厘不爽。又指一妇人：『腹中是女，面朝后背。』用刀剖开，果然不差。纣王大悦：『御妻妙术如神，虽龟筮莫敌！』自此肆无忌惮，横行不道，惨恶异常，万民切齿。当日有诗为证：

大雪纷纷宴鹿台，独夫何苦降飞灾！
三贤远遁全宗庙，孕妇身亡实可哀。

话说当日刳剔孕妇，天昏地暗，日月无光。次日，有探事军报上台来：『有微子等三位殿下，封了府门，不知往何处去了。』纣王曰：『微子年迈，就在此也是没用之人；微子启弟兄两人，就留在朝歌，也做不得朕之事业；他去了，又省朕许多烦絮。即令元帅袁洪屡见大功，料周兵不能做得甚事。』遂日日荒淫宴乐，全不以国事为重。在朝文武不过具数而已，并无可否。

那日招贤榜篷下，来了二人，生得相貌甚是凶恶：一个面如蓝靛，眼似金灯，巨口獠牙，身躯伟岸；一个面似瓜皮，口如血盆，牙如短剑，发似朱砂，顶生双鱼，甚是怪异，往中大夫府谒见。飞廉一见，甚是畏惧。行礼毕，飞廉问曰：『二位杰士是哪里人氏？高姓？何名？』二人欠身曰：『某二人乃大夫之子民，成汤之百姓。闻姜尚欺妄，侵天子关隘，吾兄弟二人愿投麾下，以报国恩，决不敢望爵禄之荣，愿破周兵，以洗王耻。子民姓高，名明；弟乃高觉。』通罢姓名，飞廉领二人往朝内拜见纣王，进午门径往鹿台见驾。纣王问曰：『大夫有何奏章？』飞廉奏曰：

『今有二贤高明、高觉，愿来报效，不图爵禄，敢破周兵。』纣王闻奏大悦，宣上台来。二人倒身下拜，俯伏称臣。王赐平身，二人立起。纣王一见相貌奇异，甚是骇然：『朕观二士真乃英雄也！』随在鹿台上俱封为神武上将军。二人谢恩。王曰：『大夫与朕陪宴。』二人下台冠带了，至显庆殿待宴，至晚谢恩出朝。次日旨意下，命高明、高觉同钦差解汤羊、御酒往孟津来。不知凶吉如何，且听下回分解。

第九十回 子牙捉神荼郁垒

诗曰：

眼有明兮耳有聪，能于千里决雌雄。

神机才动情先泄，密计方行事已空。

轩庙借灵凭鬼使，棋山毓秀仗桃丛。

谁知名载封神榜，难免降魔杵下红。

话说高明、高觉同钦差官往孟津来，行至辕门，传：『旨意下！』旗门官报入中军，袁洪与众将接旨，进中军开读，诏曰：

尝闻：将者乃三军之司命，系社稷之安危。将得其人，国有攸赖；苟非其才，祸遂莫测，则国家又何望焉。兹尔元帅袁洪，才兼文武，学冠天人，屡建奇功，真国家之柱石，当代之人龙也！今特遣大夫陈友解汤羊、御酒、金帛、锦袍，用酬戍外之劳，慰朕当宁之望。尔当克勤克慈，扑灭巨逆，早安边疆，以靖海宇。朕不惜茅土重爵，以待有功。尔其钦哉！特谕。

袁洪谢恩毕，款待天使；又令高明、高觉进见。高明、高觉上帐参谒袁洪。行礼毕，袁洪认得他是棋盘山桃精、柳鬼；高明、高觉也认得袁洪是梅山白猿。彼此大喜，各相温慰，深喜是一气同枝。正是：

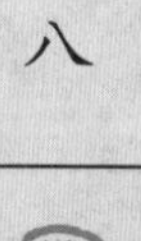

不是武王洪福大，焉能『七圣』死梅山。

高明、高觉在营中与众将相见，各各致意。次日，袁洪修谢恩本，打发天使回朝歌。不表。当日，袁洪命高明、高觉二将往周营搦战。二人慨然出营，至周营，大呼曰：『着姜尚来见我！』哨马报入中军，子牙问左右：『谁去走一遭？』旁有哪吒曰：『弟子愿往。』子牙许之。哪吒领令出营，忽见二人步行而来，好凶恶！怎见得：

一个面如蓝靛腮如灯；一个脸似青松口血盆。一个獠牙凸暴如钢剑；一个海下胡须似赤绳。一个方天戟上悬豹尾；一个加钢板斧似车轮。一个棋盘山上称柳鬼，一个得手人间叫高明。正是：神荼郁垒该如此，要阻周兵闹孟津。

话说哪吒大呼曰：『来者何人？』高明答曰：『吾乃高明、高觉是也。今奉袁洪将军将令，特来擒拿反叛姜尚耳。你是何人，敢来见我？』哪吒大喝曰：『好孽畜，敢出大言！』摇手中火尖枪，直取二将。高明、高觉举戟、斧劈面迎来。三将交兵，大战在龙潭虎穴。哪吒早现出三头八臂，祭起乾坤圈，正中高觉顶门上，打得个一派金光，散漫于地。哪吒复祭九龙神火罩，把高明罩住，用手一拍，即现九条火龙，须臾烧罢。哪吒回营来见子牙，言圈打高觉，罩住高明一事，子牙大喜。不表。且说高明等二人进营，来见袁洪曰：『姜尚所仗无他，俱倚的是三山五岳门人，故此所在，侥幸成功，不曾遇着我等奥妙之人，莫说是姜尚几个门人，何怕你

杨戬上帐曰：『今日会此一阵，俱为无用。当时弟子别师尊时，师父曾有一言吩咐弟子说：「若到孟津，谨防梅山七圣阻隘。」教弟子留心。今日观之，祭宝不能成功，俱化青黑之气而走。元帅宜当设计处治，方可成功。若是死战，终是无用。』

有通天彻地手段，岂能脱得吾辈之手也！』众人俱各欢喜。次日，高明、高觉又往周营搦战。哨马报入中军：『启元帅：高明、高觉请元帅答话。』子牙问哪吒曰：『你昨日回我灭了二将，今日又来，何也？』哪吒曰：『想必高明二人有潜身小术，请师叔亲临，吾等便知真实。』子牙传令，六百诸侯齐出，看子牙用兵。高明对弟高觉曰：『哪吒言吾等有潜身小术，俱出来一看吾等真实。』言未了，只听炮响，见周营大队排开，似盔山甲海，射目光华。子牙乘四不像，来至军前，看见二将相貌凶恶，丑陋不堪，大喝曰：『高明、高觉，不顺天时，敢勉强而阻逆王师，自讨杀身之祸也！』高明大笑曰：『姜子牙，我知你是昆仑之客，你也不曾会我等这样高人。今日成败定在此举也。』道罢，二将使戟、斧冲杀过来。这边李靖、杨任二骑冲出，也不答话，四处兵器交加。正是四将赌斗，怎见得，有诗为证，诗曰：

四将交锋在孟津，人神仙鬼孰虚真。

从来劫运皆天定，纵有奇谋尽堕尘。

话说杨戬在旁，见高明、高觉一派妖气，不是正人，仔细观看，以备不虞。只见杨任取出五火扇来，照高明一扇，只听得『呼』的一声，化一道黑光而去。李靖也祭起黄金塔来，把高觉罩在里面，一时也不见了。袁洪同众将正在辕门看高明兄弟二人大战周兵，见杨任用五火扇子扇高明，又见李靖用塔罩高觉，忙命吴龙、常昊接战。二将大叫曰：『周将不必回营，吾来也！』哪吒蹬风火轮来战吴龙；杨戬使三尖刀敌住常昊，四将大战。袁洪心下自思曰：『今日定要成功，不可错过。』把白马催开，使一条宾铁棍来战子牙。旁有雷震子、韦护二人截住袁洪相杀。怎见得，有赞为证，赞曰：

凛凛寒风起，森森杀气生。白猿使铁棒，雷震棍更雄。

韦护降魔杵，来往势犹凶。舍命安天下，拚生定太平。

话说雷震子展风雷翅，飞在空中，那条棍从顶上打来。韦护祭起降魔杵，此杵岂同小可，如须弥山一般打将下来。袁洪虽是得道白猿，也经不起这一杵，袁洪化白光而去，止将鞍马打得如泥。杨戬祭哮天犬咬常昊；常昊乃是蛇精，狍也不能伤他。常昊知是仙犬，先借黑气走了。哪吒祭起神火罩，罩住吴龙；吴龙也化青气走了。总是一场虚话。

子牙鸣金回营。杨戬上帐曰：『今日会此一阵，俱为无用。当时弟子别师尊时，师父曾有一言吩咐弟子

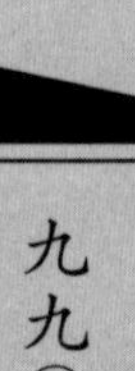

说：「若到孟津，谨防梅山七圣阻隘。」教弟子留心。今日观之，祭宝不能成功，俱化青黑之气而走。元帅宜当设计处治，方可成功。若是死战，终是无用。』子牙曰：『吾自有道理。』当日至晚，子牙帐中鼓响，众将官上帐听令。子牙命李靖领柬贴：『你在八卦陈正东上，按震方，书有符印，用桃桩，上用犬血，……如此而行。』又命雷震子领柬贴：『你在正南上，按离方，亦有符印，也用桃桩，上用犬血，……如此而行。』命哪吒领柬贴：『在正西上，按兑方，也用桃桩，上用犬血，……如此而行。』又命杨任：『在正北上，按坎方，也用桃桩，上用犬血，……如此而行。』杨戬，你可引战，用五雷之法，望桃桩上打下来。韦护，你用瓶盛乌鸡、黑狗血，女人尿屎和匀，装在瓶内，见高明、高觉赶上我阵中，你可将瓶打下，此秽污浊物厌住他妖气，自然不能逃走。此一阵可以擒二竖子也。』众门人听令而去。子牙先出营，布开八卦，暗合九宫，将桃桩钉下。正是：

设计要擒桃柳鬼，这场辛苦枉劳神。

子牙安置停当。且说高明听着子牙传令安八卦方位，用乌鸡、黑狗血，钉桃桩拿他兄弟，二人大笑不止：『空费心机！看你怎样捉我二人！』次日，子牙亲临辕门搦战。袁洪命高明、高觉出营，大呼曰：『姜子牙，你自称扫荡成汤大元帅，据吾看，你不过一匹夫耳！你既是昆仑之士，理当遣将调兵，共决雌雄；为何钉桃桩，安符印，周围布八卦，按九宫，用门人将乌鸡、黑狗血秽污之物厌我二人。吾非鬼魅精邪，岂惧你左道之术也！』

二人道罢，放步摇斧、举戟，直取子牙。子牙左右有武吉、南宫适二马齐出，急架忙迎。四将交兵，枪刀共举。高明逞精神，如同猛虎；南宫适使气力，一似欢龙；高觉戟刺摆长幡；武吉枪来生杀气：四将酣战。子牙催四不像，仗剑也来助战，未及数合，便往阵中败走。高明笑曰：『不要走！吾岂惧你安排，吾来也！』兄弟二人随后赶入阵来。刚入得八卦方位，东有李靖，南有雷震子，西有哪吒，北有杨任，四面发起符印，处处雷鸣；韦护空中将一瓶秽污之物往下打来，那些鸡犬秽血，溅得满地。高明、高觉化阵青光，早已不见了。众门人亲自观见，莫知去向。子牙收兵回营，升帐坐下，大怒曰：『岂知今日本营先有奸细私透营内之情，如此何日成功也！将吾机密之事尽被高明知道，此是何说！』杨戬在旁曰：『师叔在上：料左右将官自在西岐共起义兵，经过三十六路征伐，今进五关，经过数百场大战，苦死多少忠良，今日至此，克成汤只在目下，岂有这样之理。据弟子观之，此二人非是正人，定有些妖气，那光景大不相同。望师叔详察。今弟子往一所在去来，自知虚实。』子牙曰：『你往哪里去？』杨戬曰：『机不可泄，泄则不能成功也。』子牙许之。杨戬当晚别子牙去讫。且说高明、高觉来见袁洪，言子牙用八卦阵，将钉桃桩的事说了一遍。袁洪具表往朝歌报捷。高觉听的周营子牙与杨戬共议，杨戬要往一所在去，又听见杨戬不肯说，兄弟二人曰：『凭你怎样寻吾根脚，料你也不能知道！』二人又大笑一回。不表。

且说杨戬离了周营，借土遁往玉泉山金霞洞来，正是：

遁中道术真玄妙，咫尺青风万里程。

话说杨戬来至金霞洞，见洞门紧闭，杨戬洞外敲门。少时，一童子出来，见是师兄，忙问曰：『师兄何来？』杨戬曰：『烦贤弟通报。』童子进洞内，见玉鼎真人，启曰：『师兄杨戬在洞府外求见。』真人起身吩咐曰：『着他进来。』杨戬来至碧游床前下拜。真人曰：『你今到此为何？』杨戬把孟津事说了一遍。真人曰：『此业障是棋盘山桃精、柳鬼。桃、柳根盘三十里，采天地之灵气，受日月之精华，成气有年。今棋盘山有轩辕庙，庙内有泥塑鬼使，名曰千里眼、顺风耳；二怪托其灵气，目能观看千里，耳能详听千里；千里之外，不能视听也，你可叫姜子牙着人往棋盘山去，将桃、柳根盘掘挖，用火焚尽；将轩辕庙二鬼泥身打碎，以绝其灵气之根；再用一重雾常锁营寨，……如此如此，则二鬼自然绝也。』杨戬受命，离了玉泉山，复往周营而来。军政官报与子牙，子牙令入中军，问杨戬曰：『此去如何？』杨戬摇头不语，犹恐泄机。子牙曰：『你今日为何如此？』杨戬曰：『弟子今日不敢言，且随弟子行之。』子牙并依杨戬，不去阻挡。杨戬执定令旗下帐，把后队大红旗二千杆令三军磨旗；又令一千名军士擂鼓鸣锣，恍然有惊天动地之势。子牙见杨戬如此，不知其故。杨戬方来对子牙曰：『高明、高觉二人乃是棋盘山桃精、柳鬼。他凭托轩辕庙二鬼之灵，名曰千里眼、顺风耳。如今须用旗招展不住，使千里眼不能观看；锣鼓齐鸣，使顺风耳不能听察。请元帅命将往棋盘山，掘挖此根，用火焚之；再令将官去把轩辕庙里二鬼打碎；然后用大雾一重，常锁行营，此怪方能除也。』子牙听说：『既然如此，

吾自有治度。』子牙令李靖：『领三千人马，速往棋盘山，去挖绝其根。』又令雷震子：『去打碎泥塑鬼使。』后人有诗叹之，诗曰：

虎斗深山渊斗龙，高明高觉逞邪踪。
当时不遇仙师指，难灭轩辕二鬼风。

话说子牙安排已定，只等二门人来回令。且说高明、高觉只听得周营中鼓响锣鸣不止，高觉曰：『长兄，你看看怎样？』高明曰：『一派尽是红旗招展，连眼都晃花了。兄弟，你且听听看。』高觉曰：『锣鼓齐鸣，把耳朵都震聋了，如何听得见一些儿？』二人急躁，不表。只见李靖人马去掘桃、柳的根盘；雷震子去打泥塑的鬼使；子牙在帐内望二人回来，方好用计破之。次日，子牙在中军，忽报：『雷震子回来。』子牙令至中军，问其：『打泥鬼如何？』雷震子曰：『奉令去打碎了二鬼，放火烧了庙宇，以绝其根，恐再为祟；待周王伐纣功成，再重修殿宇未迟。』子牙大悦，随在帐前令哪吒、武吉在营布起一坛，设下五行方位，当中放一坛，四面八方俱镇压符印，安治停当。只见李靖掘桃、柳鬼根盘已毕，来至中军回话。子牙大喜。正是：

李靖掘根方至此，袁洪举意劫周营。

话说子牙在中军共议：『东伯侯还不见来？』忽报：『三运督粮官郑伦来至。』子牙令至帐前，郑伦回令毕，交纳粮印。郑伦听得土行孙已死，着实伤悼。不表。且说袁洪在营中自思：『今与周兵屡战，未见输赢，枉费精神，虚费日月。』令左右暗传与常昊、吴龙：『令高明、高觉冲头阵，今夜劫姜尚的营。』又令：『参军殷破败、雷开为左右救应，殷成秀、鲁仁杰为断后，务要一夜成功。』众将听令，只等黄昏行事。话说子牙在中军，忽见一阵风从地而起，卷至帐前。子牙见风色怪异，掐指一算，早知其意。子牙大喜，传令：『中军帐钉下桃桩，镇压符印，下布地网，上盖天罗，黑雾迷漫中军。令各营俱不可轻动。李靖拒住东方；杨任拒住西方；哪吒拒住南方；雷震子拒住北方；杨戬、韦护在将台左右保护。』子牙令南宫适、武吉、郑伦、龙须虎等：『各防守武王营寨。』众将得令而去。子牙沐浴上台，等候袁洪来劫营寨。诗曰：

子牙妙算世无双，动地惊天势莫当。
二鬼有心施密计，三妖无计展疆场。
遭殃杨任归神去，逃死袁洪免丧亡。
莫说孟津多恶战，连逢劫杀损忠良。

话说袁洪当晚打点人马劫营，大破子牙，以成全功。才至二更时分，高明、高觉为头一队，袁洪为二队。鲁仁杰对殷成秀曰：『贤弟，据我愚见，今夜劫营，不但不能取胜，定有败亡之祸。况姜子牙善于用兵，知玄机变化，且门下又多道德之士，此行岂无准备。我和你且在后队，见机而作。』殷成秀曰：『兄长之言甚善。』不说他二人各自准备，且说高明、高觉来至周营，点起大炮，响一声喊杀进营来。袁洪同常昊、吴龙从后接应。子

牙在将台上披发仗剑，踏罡布斗，霎时四下里风云齐起，这正是子牙借昆仑之妙术，取神荼、郁垒。不知凶吉如何，且听下回分解。

第九十一回　蟠龙岭烧邬文化

诗曰：

力大排山气吐虹，手拖扒木快如风。
行舟陆地谁堪及，破敌营门孰敢同。
擒虎英名成往事，食牛全气化崆峒。
总来天意归周主，空作蟠龙岭下红。

话说子牙在将台上作法，只见风云四起，黑雾弥漫，上有天罗，下有地网，昏天惨地，罩住了周营。霹雳交加，电光驰骤，火光灼灼，冷气森森，雷响不止，喊声大振。各营内鼓角齐鸣，若天崩地塌之状。怎见得，有诗为证，诗曰：

风雾濛濛电光烧，雷声响亮镇邪妖。
桃精柳鬼难逃躲，早起封神名姓标。

话说高明、高觉闯进周营，杀进中军，只见鼓声大振，三军呐喊。一声炮响，东有李靖，西有杨任，南有哪吒，北有雷震子，左有杨戬，右有韦护，一齐护将出来，把高明等围住。台上有子牙作法。台下四个门人，齐把桃桩震动。上有天罗，下有地网，上下齐合。子牙祭起打神鞭打将下来，高明、高觉难逃此难，只打得脑浆迸流。一灵已往

杨任及至躲时，已是不及，早被袁洪一棍打中顶门，可怜！

封神台去了。且说袁洪同常昊、吴龙在后面催军，杀进周营，被哪吒等接住大战。此时黄夜交兵，两军混战，韦护祭起降魔杵来打吴龙；吴龙早化青光去了。哪吒也祭起九龙神火罩来罩常昊；常昊化一道青气不见了。袁洪乃是白猿得道，变化多端，把元神从头上现出。杨任正欲取五火扇扇袁洪，不意袁洪顶上白光中元神手举一棍打来。杨任及至躲时，已是不及，早被袁洪一棍打中顶门，可怜！自穿云关归周，才至孟津，未受封爵而死。后人有诗叹之，诗曰：

自离成汤归紫阳，穿云关下破『瘟癀』。
孟津尽节身先丧，俱是南柯梦一场。

话说杨任被袁洪打死，两军混战。至天明，子牙鸣金，两下收兵。子牙升帐，点视军将，已知杨任阵亡，着实嗟叹不已。杨戬上帐言曰：『今夜大战，虽然斩了高明、高觉，反折杨任一员大将。据弟子见袁洪等俱是精灵所化，急切不能成功。大兵阻于此地，何日结局。弟子今往终南山，借了照妖鉴来，照定他的原身，方可擒此妖魅也，不然终无了

期。」子牙许之。杨戬离了周营，借土遁往终南山而来，不多时，早至玉柱洞前，按落遁光，至洞门听候云中子。少时，只见金霞童子出来，杨戬上前稽道曰：「师兄，借烦通报，有杨戬要见师伯。」童子忙还礼曰：「师兄少待，容吾通报。」童子进洞对云中子曰：「有杨戬在外面候见。」云中子命童子：「着他进来。」童子出洞云：「师父请见。」杨戬见云中子，行礼毕，禀曰：「弟子今到此，欲求师伯照妖鉴一用。目今兵至孟津，有几个妖魅阻住周师，不能前进，虽大战数场，法宝难治。因此上奉姜元帅将令，特地至此，拜求师伯。」云中子曰：「此乃梅山七怪也，只你可以擒获。」忙取宝鉴付与杨戬。杨戬辞了终南，借土遁径往周营内来见子牙，备言：「此是梅山七怪，明日俟弟子擒他。」话说袁洪在营中与常昊、吴龙众将议退诸侯之策，殷破败曰：「明日元戎不大杀一场以树威，使天下诸侯知道利害，则彼皆不能善解。与他迁延日月，恐师老军疲，其中有变，那时反为不美。」袁洪从其言。次日，整顿军马，炮声大振，来至军前。子牙亦带领众诸侯出营。两下列成阵势。袁洪一马当先。子牙谓袁洪曰：「足下不知天命久已归周，而何阻逆王师，令生民涂炭耶。速早归降，不失封侯之位。如若不识时务，悔无及矣。」袁洪大笑曰：「料尔不过是磻溪一钓叟耳，有何本领，敢出此大言！」回顾常昊曰：「与吾将姜尚擒了！」常昊纵马挺枪，飞来直取子牙，旁有杨戬催马舞刀，抵住厮杀。二马往来，马枪并举，只杀得凛凛寒风，腾腾杀气。怎见得，有诗为证，诗曰：

杀气腾腾锁孟津，梅山妖魅乱红尘。

须臾难遁终南鉴，取次摧残作鬼磷。

话说两人大战，未及五合，常昊拨马便走。杨戬随后赶来，取出照妖鉴来照，原来是条大白蛇。杨戬已知此蛇，看他怎样腾挪。只见常昊在马上忽现原身，有一阵怪风卷起，播土杨尘，愁云霭霭，冷气森森，现出一条大蛇。怎见得，有诗为证：

黑雾漫漫天地遮，身如雪练弄妖邪。
神光闪灼凶顽性，久与梅山是旧家。

话说杨戬看见白蛇隐在黑雾里面来伤杨戬，杨戬摇身一变，化作一条蜈蚣，身生两翅飞来，钳如利刃。怎见他的模样，有诗为证：

二翅翩翩似片云，黑身黄足气如焚。
双钳竖起挥双剑，先斩顽蛇建首勋。

杨戬变做一条大蜈蚣，飞在白蛇头上，一剪两断。那蛇在地下挺折扭滚。杨戬复了本相，将此蛇斩做数断，发一个五雷诀，只见雷声一响，此怪震作飞灰。袁洪知白蛇已死，大怒，纵马使一根棍，大呼曰：『好杨戬！敢伤吾大将！』旁有哪吒蹬风火轮，现三头八臂，使火尖枪，抵住了袁洪。轮马相交，未及数合，哪吒祭起九龙神火罩，将袁洪连人带马罩住。哪吒用手一拍，现出九条火龙，将袁洪盘旋周绕焚烧。不知袁洪有七十二变玄功，焉能烧的着他，

袁洪早借火光去了。吴龙见哪吒施勇，使两口双刀来战哪吒。哪吒翻身复来，接战吴龙。杨戬在旁，忙取照妖鉴照看，原来是一条蜈蚣。杨戬纵马舞马，双战吴龙。吴龙料战不过，拨马便走。哪吒蹬风火轮就赶。杨戬曰：『道兄休赶，让吾来也。』哪吒听说，便立住了风火轮，让杨戬催马追赶。吴龙见杨戬赶来，即现原形，就马脚下卷起一阵黑雾，罩住自己。怎见得，有诗为证：

黑雾阴风布满天，梅山精怪法无边。
谁知治克难相恕，千岁蜈蚣化罔然。

吴龙见杨戬追赶，即现原形，影在黑雾之中来伤杨戬。杨戬见此怪飞来，随即摇身一变，化作一只五色雄鸡。怎见得，诗曰：

绿耳金睛五色毛，翅如钢剑嘴如刀。
蜈蚣今遇无穷妙，即丧原身怎脱逃。

杨戬化做一只金鸡，飞入黑雾之中，将蜈蚣一嘴啄作数断，又除一怪。子牙与众将掌鼓进营。不表。

却说殷破败、雷开与诸将亲自看见今日光景，不觉笑曰：『国家不祥，妖孽方兴，今日我们两员副将，岂知俱是白蛇、蜈蚣成精，来此惑人。此岂是好消息！不若进营与主将商议何如。』随进营来，见袁洪在中军闷坐，俱至帐前参谒。袁洪见众将来见，也觉没趣，乃对众将曰：『吾就不知常昊、吴龙乃是两个精灵，几乎被他误了大

事。』众将曰：『姜子牙乃昆仑道德之士，麾下又有这三山五岳门人相随，料吾兵不能固守此地，请元帅早定大策，或战，或守，可以预谋，毋令临期掘井，一时何及。眼见我兵微将寡，力敌不能，依不才等愚见，不如退兵，固守城都，设防御之法，以老其师。此「不战能屈人之兵」者，不知元帅尊意如何？』袁洪曰：『参军之言差矣！奉命守此地方，则此地为重，今舍此不守，反欲退拒城都，此为「临门御寇」，未有不败者也。今姜尚虽有辅佐之人，而深入重地，亦不能用武。看吾在此地破敌，吾自有妙策，诸将勿得多言。』各人下帐。鲁仁杰与殷成秀曰：『方今时势，也都见了，料成汤社稷终属西岐。况今日朝廷不明，妄用妖精为将，安有能成功之理。但我与贤弟受国恩数代，岂可不尽忠于国；然而就死，也须是死在朝歌，见吾辈之忠义，不可枉死于此地，与妖孽同腐朽也。不若乘机讨一差遣，往而不返可也。』二将议定。忽有总督粮储官上帐来禀袁洪曰：『军中止有五百行粮，不足支用，特启元帅定夺。』袁洪命军政司修本，往朝歌催粮。旁有鲁仁杰出而言曰：『末将愿往。』袁洪许之。鲁仁杰领令，往朝歌去催粮。不表。

且说朝歌城来了一个大汉，身高数丈，力能陆地行舟，顿餐只牛，用一根排扒木，姓邬，名文化，揭招贤榜投军。朝廷差官送邬文化至孟津营听用。来至辕门，左右报与袁洪。袁洪命：『令来。』邬文化同差官至中军，见礼毕，通名站立。袁洪见邬文化一表非俗，恍似金刚一般，撑在半天里，果是惊人。袁洪曰：『将军此来，必怀妙策。今将何计以退周兵？』邬文化曰：『末将乃一勇鄙夫，奉圣旨赍送元帅帐下调用，听凭指挥。』袁洪大喜：『将军此

子牙亦带领众诸侯出营。

来，必定首建大功，何愁姜尚不授首也！』邬文化次日清晨上帐领令，出营搦战，倒拖排扒木，行至周营，大呼曰：『传与反叛姜尚，早至辕门洗颈受戮！』话说子牙在中军帐，猛听战鼓声响，抬头观看，见一大汉竖在半天里，惊问众将曰：『哪里来了一个大汉子？』众人齐来观看，果是好个大汉子，众皆大惊。正欲寻问，只见军政官报入中军来：『有一大汉，口出大言，请令定夺。』有龙须虎出曰：『弟子愿往。』子牙许之，吩咐曰：『你须仔细！』龙须虎领令出营来。邬文化低头往下一看，大笑不止：『哪里来了一个虾精？』龙须虎抬头看邬文化，怎生凶恶，但见有诗为证，诗曰：

身高数丈体椰头，口似窑门两眼抠。
文二苍须如散线，尺三草履似行舟。
生成大力排山岳，食尽全牛赛虎彪。
陆地行舟人罕见，蟠龙岭上火光愁。

邬文化大呼曰：『周营中来的是个甚么东西？』龙须虎大怒，骂

曰：『好匹夫！把吾当作甚么东西！吾乃姜元帅第二门徒龙须虎是也。』邬文化笑曰：『你是一个畜生，全无一些人相，难道也是姜尚门徒！』龙须虎曰：『村匹夫快通名来，杀你也好上功劳薄。』邬文化骂曰：『不识好歹业畜！吾乃纣王御前袁元帅麾下威武大将军邬文化是也。你快回去，叫姜尚来受死，饶你一命。』龙须虎大怒，骂曰：『今奉令特来擒你，尚敢多言！』发手一石打来。邬文化一排扒木打下来，龙须虎闪过，其钉打入土有三四尺深；急自拽起钉扒来，到被龙须虎夹大腿连腰上打了七八石头；再转身，又打了五六石头；只打得是下三路。邬文化身大，转身不活，不上一个时辰，被龙须虎连腿带腰打了七八十下，打得邬文化疼痛难当，倒拖着排扒木望正东上走了。龙须虎得胜回营，来见子牙，备言其事。众将俱以为大而无用，子牙也不深究所以，彼此相安不察。且说邬文化败走二十里，坐在一山崖上，擦腿摸腰有一时辰，乃缓缓来至辕门。左右报入中军曰：『启元帅：邬文化在辕门等令。』袁洪吩咐：『令来。』邬文化来至帐前，参谒袁洪。袁洪责之曰：『你今初会战，便自失利，挫动锋锐，如何不自小心！』邬文化曰：『元帅放心。末将今夜劫营，管教他片甲不存，上报朝廷，下泄吾恨。』袁洪曰：『你今夜劫营，吾当助尔。』邬文化收拾打点，今夜去劫周营。此是子牙军士有难，故有此失。正是：

一时不察军情事，断送无辜填孟津。

话说子牙不意邬文化今夜劫营。将至二更时分，成汤营里一声炮响，喊声齐起，邬文化当头，撞进辕门。那是

黑夜，谁人抵敌？冲开七层鹿角，撞翻四方木栅、挡牌，邬文化把排扒木只是横扫两边。也是周营军士有难，可怜被他冲杀得尸横遍野，血流成河，六十万人马在中军呼兄唤弟，觅子寻爷。又有袁洪协同，黑夜中袁洪放出妖气，笼罩住营中，惊动多少大小将官。子牙听得大汉劫营，急上了四不像，手执杏黄旗，护定身子，只听得杀声大振，心下着忙。又见大汉二目如两盏红灯，众门人各不相顾，只杀得孟津血水成渠。有诗为证：诗曰：

姜帅提兵会列侯，袁洪赌智未能休。
朝歌遣将能摧敌，周寨无谋是自蹂。
军士有灾皆在劫，元戎遇难更何尤。
可惜英雄徒浪死，贤愚无辨丧荒丘。

话说邬文化夤夜劫周营，后有袁洪助战；周将睡熟，被邬文化将排扒木两边乱扫，可怜为国捐躯，名利何在！袁洪骑马，仗妖术冲杀进营，不辨贤愚，尽是些少肩无臂之人，都做了破腹无头之鬼。武王有四贤保驾奔逃；子牙落荒而走；五七门徒借五遁逃去；只是披坚执锐之士，怎免一场大厄！该绝者难逃天数；有生者躲脱灾殃。且说邬文化直冲杀至后营，来到粮草堆根前。此处乃杨戬守护之所，忽听得大汉劫营，姜元帅失利，杨戬急上马看时，见邬文化来得势头凶，欲要迎敌，又顾粮草，心生一个计，且救眼下之厄，忙下马，念念有词，将一草竖立在手，吹口气，叫声：『变！』化了一个大汉，头撑天，脚踏地。怎见得，有赞为证，赞曰：

头有城门大，二目似披缸。鼻孔如水桶，门牙扁担长。

胡须似竹笋，口内吐金光。大呼『邬文化』，与吾战一场！

话说邬文化正尽力冲杀，灯光影里见一大汉，比他更觉长大，大呼曰：『那匹夫慢来！吾来也！』邬文化抬头看见，唬得魂不附体：『我的爷来了！』倒拖排扒木，回头就走，也不管好歹，只是飞跑。杨戬化身随后赶来一程，正遇袁洪。杨戬大呼曰：『好妖怪，怎敢如此！』使开三尖刀，飞奔杀来。袁洪使棍抵住。大战一回，杨戬祭哮天犬时，袁洪看见，化一道白光，脱身回营。且说孟津众诸侯闻袁洪劫姜元帅的大营，惊起南北二镇诸侯，齐来救应。两下混战，只杀到天明。子牙会集诸门人，寻见武王，收集败残人马，点算损折军兵有二十余万；帐下折了将官三十四员；龙须虎被邬文化排扒木绝其性命。军士有见龙须虎的头挂在排扒木上，因此报知。子牙闻龙须虎被乱军中杀死，子牙伤悼不已。众诸侯上帐，问武王安。杨戬来见子牙，备言：『邬文化冲杀，是弟子……如此治之，方救得行粮无虞。』子牙曰：『一时误于检点，故遭此厄，无非是天数耳。』心下郁郁不乐，纳闷中军。

且说袁洪得胜回营，具本往朝歌报捷：『邬文化大胜周兵，尸塞孟津，其水为之不流。』群臣具贺：『自征伐西岐，从未有此大胜。』纣王大喜，日日纵乐，全不以周兵为事。且说杨戬来见子牙曰：『如今先将大汉邬文化治了，然后可破袁洪。』子牙曰：『须得……如此，方可绝得此人。』杨戬领会，走到孟津哨探路径。走有六十里，至一所在，地名蟠龙岭。此山湾环如蟠龙之势，中有空阔一条路，两头可以出入。杨戬看罢，心下大喜曰：『此处正好行此

计也！』忙回见子牙，备言：『蟠龙岭地方可以行计。』子牙听说大喜，在杨戬耳边备说：『……如此如此，可以成功。』杨戬遂自去了。正是：

计烧大将邬文化，须得姜公用此谋。

话说子牙令武吉、南宫适：『领二千人马，往蟠龙岭去埋伏引火之物，中用竹筒引线，暗埋火炮、火箭各项等物，岭上下俱用柴薪引火干燥物件，预备停当，只等邬文化来至，便可行之。』二将领令去讫。话说邬文化得了大功，纣王差官赍袍、带、表礼等物奖谕，袁洪、邬文化二将谢恩，打发天使回朝歌。不表。袁洪对邬文化曰：『荷蒙天子恩宠奖谕，邬将军，我等当得尽忠竭力，以报国恩，不负吾辈名扬于天下也。』邬文化曰：『末将明日使姜尚无备，再杀他个片甲无存，早早奏凯。』袁洪大喜，设宴庆赏。正谈笑间，探事马报入中军：『启元帅：今有姜子牙与武王在辕门闲看吾营，不知有何原故，请令定夺。』袁洪听报，即令邬文化：『暗出大营，抄出子牙之后擒之，如探囊取物耳。』邬文化领令，忙出右营门，撒开大步，拖排扒木，如飞云掣电而来，大呼曰：『姜尚休走！今番吾定擒你成功也。速速下骑受死，免吾费力。』子牙与武王见邬文化追来，拨转坐骑，望西南而逃。邬文化见子牙、武王落荒而走，放心追来。子牙回顾，诱邬文化曰：『邬将军，你放我君臣回营，得归故国，再不敢有犯边疆，吾群臣感将军洪恩不浅矣。』邬文化曰：『今番错过，千载难逢。』拚命赶来，哪里肯舍？望前赶了一个时辰。姜子牙与武王是有脚力的，邬文化步行，又当得他是急急追赶，一气赶了五六十里，邬文化气力已乏，立住脚不赶了。子牙回头看时，见邬文化不赶，子牙勒转坐骑，大呼曰：『邬文化，你敢来与吾战三合么？』邬文化大怒曰：『有何不敢？』回身又望前赶来。子牙勒转四不像又走，看看赶至蟠龙岭了，子牙君臣进山口去了。邬文化大喜：『姜尚进山，似鱼游釜中，肉在几上！』随后追进山口。不知邬文化性命如何，且听下回分解。

第九十二回　杨戬哪吒收七怪

诗曰：

梅山七怪阻周兵，逞异夸能苦战争。
狗宝虽凶谁独死，牛黄纵恶自戕生。
朱贞伏地先无项，杨显纵横后亦薨。
堪笑白猿多惹事，千年道行等闲倾。

话说武吉、南宫适望见子牙引邬文化进山，先让过子牙与武王，用木石叠断前山。只见邬文化赶进山口，不见了子牙、武王，立住了脚，迟疑四望，竟无踪迹。正欲回身出山，只听得两边炮响，杀声震地，山上用滚木大石叠断山口，军士用火弓、火箭、火炮、干柴等物望山下抛放，只见四下里火起，满谷烟生。怎见得好火，赞曰：

腾腾烈焰，滚滚烟生。一会家地塌山崩；霎时间雷轰电掣。须臾绿树尽沾红，顷刻青山皆带赤。哪怕你铜墙铁壁，说甚么海阔河宽，挡着他烁石流金，遇着时枯泉辙涸。风乘火势逞雄威，火借风高拚恶毒。休说邬文化血肉身躯，就是满山中披毛带角的皆逢其劫。

话说邬文化见后面火起，叠断归路，抽身转奔进山来。那山脚下地炮、地雷发作，望上打来。可怜顶天立地大

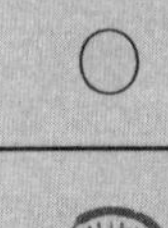

汉，陆地行舟的英雄，只落得顷刻化为灰烬！后人有诗叹之：

夜劫周营立大功，孟津河下逞英雄。

姜公妙算驱杨戬，火化蟠龙一阵风。

话说杨戬、武吉、南宫适见烧死了邬文化。俱回来见姜子牙，备言前事。子牙大喜，又谓杨戬曰：『只是袁洪此怪未除，如之奈何？』杨戬曰：『此怪乃梅山得道白猿，最是精灵，俟徐徐除之。』子牙曰：『且等东伯侯来至，诸侯方可进兵。』

话说袁洪闻报，知道烧死了邬文化，心中不乐，正独坐纳闷，忽报：『辕门外有一陀头求见。』袁洪传令：『请来。』少时，陀头至中军，打稽首曰：『元帅，贫道稽首了。』袁洪曰：『道者请了。道者从何处来？有何见谕？』陀头曰：『吾亦在梅山地方居住，与元帅相隔不远，姓朱，名子真。今知元帅为纣王出力，特来助一臂之力。不识元帅肯容纳否？』袁洪听说大喜，邀请陀头上坐。朱子真再三谦让，就席而坐。旁有参军殷破败、雷开二将听得又是梅山之士，乃相谓叹曰：『此又是常昊、吴龙一党。』袁洪命治酒管待朱子真。一宵不表。次日，朱子真提宝剑在手，率左右行至周营，坐名请元帅答话。军政官报入中军。子牙听见有道者，忙传令南北二处诸侯齐出辕门，排开队伍，自己亲率诸众弟子出辕门，列成阵势。见成汤旗门脚下，来一陀头。怎见得，有赞为证：

杨戬收鉴，走马舞三尖刀，也不答话，接住厮杀。

面如黑漆甚跷蹊，海下髭髯一剪齐。
长唇大耳真凶恶，眼露光华扫帚眉。
皂服丝绦飘荡荡，浑身冷气浸人肌。
梅山猪怪逢杨戬，不久周营现此躯。

话说朱子真步行至前，见子牙簇拥而至。子牙曰：『道者何人？』朱子真曰：『吾乃梅山炼气士朱子真是也。』姜子牙曰：『你不守分安居，来此何干？是自寻死亡也。』朱子真大笑曰：『成汤相传数十世，尔等世受国恩，无故造反，侵夺关隘，反言天命人心，真是妖言惑众，不忠不孝之夫！吾今日到此，快快下马纳降，各还故土，尚待你等以不死；如有半字不然，那时拿住，定碎尸万段，悔无及矣。』子牙大骂曰：『无知匹夫！你死在目前，尚不自知，犹自饶舌也！』朱子真仗剑来取子牙。只见旁有南伯侯麾下副将余忠——此人不信道术——使狼牙棒，面如紫枣，三绺长髯，飞马大呼曰：『此功留与我来取！』子牙见左哨来了余忠，一马当先，也不答话，使开棒夹头就打。朱子真手中剑劈面交还。步马相交，剑棒并举。未及二十合，朱子真转身就走。余忠随后赶来。子牙传令：『擂鼓呐喊，以助军威。』余忠追来，未及一里之余，朱子真乃是妖魅，足下阴风簇拥，一派寒雾笼罩，故马亦追之不上。朱子真把身子立住，余忠马看看至近，子真回头，把口一张，一道黑烟喷出，笼罩其身，现出本相，一口把余忠咬了半段，余忠尸骸倒于马下。朱子真复现元身，回奔而来，大呼曰：『姜子牙敢与吾立见雌雄么？』杨戬在旁，用照妖宝鉴一照，原来是一个大猪。杨戬把马催开，使三尖刀从后面大喝曰：『好业障少来！有吾在此！』使开刀，分顶门砍来。朱子真手中剑急架忙迎。步马相交，刀剑并举。未及数合，朱子真抽身就走。杨戬随后赶来。朱子真如前，复现原身，将杨戬一口吃去。子牙见杨戬如此，传令回兵进营，朱子真得胜，来见袁洪，袁洪大喜，治酒管待朱子真贺功。正饮之间，忽报：『辕门有一杰士求见。』袁洪传令：『令来。』少时，见一人面如傅粉，海下长髯，顶生二角，戴一顶束发冠，至帐下行礼毕，袁洪问曰：『杰士何方人氏？』其人答曰：『末将姓杨，名显，祖居梅山人氏。』此杰士乃是羊精也，借『羊』成姓，也是梅山一怪，俱是袁洪一起。只恐旁人看破，故此陆续而来，托姓借名，以掩众人耳目。当日袁洪留在军中，赐坐饮酒。杨显与朱子真各自夸能斗胜，哓哓不休。殷破败自思：『此又是袁洪等一党妖孽耳！』默对雷开不语。只见大小将官正饮酒，方到二更时分，听得朱子真腹内有人言曰：『朱道人！你可知道吾是谁？』朱子真惊得魂不附体，忙问曰：『你是谁？你实在哪里？』杨戬在腹内答曰：『吾乃玉泉山金霞洞玉鼎真人门徒杨戬是也。今已在你腹内。

你只知贪吃血食，不知在梅山吃了多少众生，今日你这业障罪恶贯盈，我把你的肝肠弄一弄！』把手在他心肝上一揸，朱子真大叫一声：『痛杀我也！』口称：『大仙饶了小畜罢！』杨戬曰：『你是欲生，欲死？』朱子真曰：『望大仙慈悲小畜在梅山也不知费几许辛苦，采天地灵气，吸日月精华，方能修成人形；今不知分量，干犯天威，望乞恕饶，真再生之德也！』杨戬曰：『你既要全生，你可速现原身，跪伏周营，吾当饶你性命；如不依吾言，我把你的心、肝、肺、腑都摘下你的来！』朱子真没奈何，有法也无处使，只得苦苦哀告。杨戬大叫曰：『如若迟了，吾就动手！』朱子真只得随现原形，是一个大猪，晃晃荡荡，走出辕门，就把袁洪急得抓耳挠腮，杨显恼得一天火发，有力也无有用处，只得听之而已。话说猪精走至周营辕门前跪伏，此时南宫适巡营，刚才四更，巡至辕门，只见一猪伏着，南宫适曰：『此是民间豢养的，怎走至此间来？等到天明，叫原人领去。』杨戬在猪腹内大呼曰：『南将军，报与姜元帅得知，此是梅山猪怪。今早见阵，是吾钻入他腹里，特来擒伏至此，快请元帅来辕门发落！』南宫适方悟，知是杨戬变化在他肚里，不觉大喜，忙进营门，至中军外帐，将云板敲响，请元帅升帐议事。内使传与子牙，子牙忙升帐。南宫适上帐启元帅曰：『杨戬收服梅山猪精，已在营门，请元帅发落。』子牙传令，命众将：『掌上灯球火把出营。』不一时，一声炮响，子牙率领众诸侯齐出辕门，看时，果是一口大猪，跪伏在地。子牙问曰：『你这业障，没来由，何苦自取杀身之祸！』杨戬在腹内应曰：『请元帅施行，斩除此怪，以绝后患。』子牙传令：『命南宫适行刑。』南宫适手起一刀，将猪头斩落在地。杨戬借血光而

出，现了自己真身。众诸侯无不欣羡。子牙命将猪头挂在辕门号令。俱回营寨。不表。

只见袁洪谓杨显曰：『似此露出本相，成何体面！把吾辈在梅山千年道术，一代英名，俱成画饼，岂不愧哉！誓不与姜尚干休！』杨显曰：『杨戬他恃自己有变化之术，不意朱子真误中奸计，若不复此恨，岂能再立于人世！』二人正彼此痛恨，忽辕门官报入中军：『启元帅：有天使至，请令定夺。』袁洪忙出辕门，迎接天使。天使曰：『奉天子敕，命送一贤士至军前听用。』袁洪接了旨意，打发天使去了，复至中军坐下，命左右：『令来将参谒。』来将至中军参拜毕，袁洪亦问曰：『将军何名？』来者答曰：『末将姓戴，名礼，梅山人氏；闻纣主招贤，故不辞千里之远，特来效劳于麾下。』此怪也是梅山之狗精，恐怕被人识破，故此陆续而来，若为不知耳。袁洪与众将曰：『今日又添一贤士，定然与他决一雌雄。』随传令：『放炮呐喊。』三军排队伍出营，请子牙答话。周营军政司报入中军：『启元帅：有袁洪搦战。』子牙随带诸将出营。见袁洪走马至军前，子牙曰：『袁洪，你不知时务，眼见覆军杀将，天意可知。今纣恶贯盈，人神共怒，谅尔不过区区螳臂，敢与天下诸侯相拒哉！』袁洪笑曰：『你偶尔得胜，便自矜夸，量你今日断然无生回之理。』问左右曰：『谁与吾捉此反臣也？』左有杨显大呼曰：『俟末将擒此反贼！』子牙看来将白面长须，顶生二角。怎见得，有赞曰：

顶上金冠生杀气，柳叶甲挂龙鳞砌。
头生双角气峥嵘，白面长须声更细。

梅山妖孽号羊精，也至孟津将身毙。
从来邪正到头分，何苦身投罗网地。

话说杨显走马摇戟，冲杀过来。杨戬在旗门下用照妖鉴一照，却是一只羊精。杨戬收鉴，走马舞三尖刀，也不答话，接住厮杀。刀戟并举，杀在虎穴龙潭。二将正战之间，只见成汤营里一将，使两口刀，飞奔前来，大叫曰：『杨兄弟，吾来助尔一臂之力！』子牙旁有哪吒蹬风火轮，使开火尖枪迎来。怎见来的此怪，有诗为证：

嘴尖耳大最蹊跷，遍体妖光透九霄。
七怪之中他是首，千年得道一神獒。

话说哪吒用枪阻住，大呼曰：『匹夫慢来！通名来，好记功劳薄。』来将答曰：『吾乃袁洪副将戴礼是也。』哪吒使开枪，劈胸就刺。戴礼双刀急架相还。轮马相交，刀枪并举，大战在一处。且说杨戬战杨显有二三十合，杨显拨马便走。杨戬赶来。杨显在马上吐出一道白光，连马罩住，现原身来伤杨戬，杨戬化一只白额斑斓猛虎。杨显见杨戬变了一只猛虎，已克治了他，急欲逃走，早被杨戬一刀砍为两段。杨戬割下羊头，大叫曰：『启元帅：弟子又杀了梅山一怪也！』戴礼与哪吒正酣战间，戴礼口内吐出一粒红珠，有碗口大小，望哪吒顶门打来。哪吒见势头凶凶，谅不能治伏，只得闪一枪败下阵来。杨戬见哪吒失机，走马大呼曰：『业障不得无礼！吾来也！』使开三尖刀来战戴礼。二人大战二十余合，戴礼拨马便走。杨戬纵马赶来。戴礼又吐出一

子牙旁有哪吒登风火轮，使开火尖枪迎来。

粒红珠，现出光华，来伤杨戬。杨戬祭起哮天犬，飞在空中，此犬乃是仙犬，看见此珠，十分凶恶，竟让过他的珠来奔戴礼。戴礼见仙犬奔来，正欲抽身逃走，早被哮天犬一口咬住，不能挣挫。杨戬手起一刀，挥于马下。有诗为证，诗曰：

梅山狗怪逞猖狂，炼宝伤人势莫当。
岂意仙犬能伏怪，红尘血染命空亡。

话说杨戬又杀了狗怪，掌鼓回营。子牙升帐，见杨戬屡破诸怪，大喜，庆贺杨戬。不表。

且说袁洪回至中军，又见戴礼被戮，现出原形，心下甚是不乐。众将交头接耳，纷纷议论，十分没趣。忽辕门官来报：『启元帅：辕门外有一大将求见。』袁洪传令：『令来。』少时，令至帐前，见一人身高一丈六尺，顶生双角，卷嘴，尖耳，金甲，红袍，全身甲胄，十分轩昂，戴紫金冠，近前施礼。袁洪问曰：『将军高姓？大名？』来将答曰：『末将姓金，双名大升，祖贯梅山人氏。』此来者又是牛

怪，用三尖刀，力大无穷，今来助袁洪，俱是梅山七怪之数。袁洪故问，以遮众人耳目。袁洪乃设酒管待。次日，金大升上了独角兽，提三尖刀，至周营搦战。哨马报入中军：『启元帅：成汤营有一大将请战。』子牙对众将问曰：『谁见阵走一遭？』言未毕，旁有郑伦出而言曰：『末将愿往。』子牙许之。郑伦上了金睛兽，拎降魔杵，出了营门，见对面一将，生的异怪雄伟，郑伦问曰：『来者何人？』金大升答曰：『吾乃袁洪麾下副将金大升是也。尔是何人？快通名来。』郑伦答曰：『吾乃总督五军上将军郑伦是也。吾观你异相非人，焉敢阻时雨之师，有逆天之罪！早早归周，共破独夫，以诛无道。如不知机，自取辱身之祸。』金大升大怒，催开独角兽，使三尖刀砍来。郑化手中杵劈面相迎。二兽相交，大战数合。金大升乃是牛怪，腹内炼成一块牛黄，有碗口大小，喷出来，如火电一般。郑伦不及提防，正中脸上，打伤鼻孔，腮绽唇裂，倒撞下兽去，被金大升手起一刀，挥为两段。可怜！正是：

胸中奇术成何用，只落名垂在史篇。

话说金大升斩了郑伦，掌鼓回营。报马报入中军：『启元帅：郑伦被汤营大将金大升所伤，请令定夺。』子牙闻报，着实伤悼，叹曰：『郑伦屡建大功，自从苏侯归周，一路督粮，有功王室，岂知至此丧于无名下将之手，情实可伤！』子牙泪下如雨。有诗以吊之，诗曰：

胸中妙术孰能班，岂意遭逢丧此间！

令杨戬立于一旁，乃命青云女童：『将此宝去把那业障牵来。』

惟有清风常作伴，忠魂依旧返家山。

话说子牙次日令下：『谁为郑伦报恨走一遭？』旁有杨戬应声答曰：『弟子愿往。』子牙许之。杨戬随即上马提刀，至成汤营前，坐名要金大升出来答话。少时，见成汤营内炮声响处，只见金大升坐独角兽，来至军前，大呼曰：『来者通名！』杨戬曰：『吾乃杨戬是也。你就是金大升么？』大升曰：『然也。』杨戬舞刀直取。金大升手中三尖刀赴面来迎。二将俱是三尖刀，往来冲突，一场大战，有三十余合。杨戬先未曾用照妖鉴照他，不防金大升喷出牛黄，此宝犹如火块飞来。杨戬见来得太急，化一道金光，往正南而走。金大升随后赶来。大升的独角兽来的快，杨戬忙取照妖鉴出来照时，却原来是个水牛。杨戬回身，正欲变化拿他，忽然前面一阵香风缥缈，异味芳馨，氤氲遍地，有五彩祥云，隐隐中一对黄幡飘荡，当中有一位道姑，跨青鸾而至。旁有女童三四对，应声叫曰：『杨戬早来见娘娘圣驾！』杨戬听说，乃向前抄手施礼曰：『弟子杨戬参见娘娘。』那道姑曰：『杨戬，吾非别神，

乃女娲娘娘是也。今见成汤数尽，周室当兴，吾特来助你降伏梅山之怪。』令杨戬立于一旁，乃命青云女童：『将此宝去把那业障牵来。』青云女童接宝在手，只见金大升足踏阴云，提刀赶来。青云女童上前拦住，大呼曰：『那业障！娘娘圣驾在此，休得无礼！今奉娘娘法旨，特来擒你！』金大升大怒，将刀往上一举，劈面砍来。青云女童将伏妖索祭起空中，只见黄巾力士将金大升穿起鼻子来，用铜锤把金大升脊背上打了三四锤，一声雷响，金大升现出原身，乃是一匹水牛。杨戬向前倒身下拜：『弟子杨戬愿娘娘圣寿无疆！』女娲曰：『杨戬，你且将牛怪带回周营发落；我还助你收伏白猿精怪也。』杨戬别了女娲娘娘，把牛牵着回来。且说子牙在中军，听报到：『杨戬化一道金光往正南上去了。这大将赶去，不知凶吉。』子牙惊疑不定。哪吒曰：『杨戬自有运用，元帅何必惊疑？』子牙曰：『方今东伯侯人马未至，况有梅山七怪阻住吾师，使吾心下不能安然。』言未毕，只见报马来报：『启元帅：杨戬回来。』子牙令至帐前，问其原故。杨戬把女娲娘娘收伏牛怪之事说了一遍：『……今至辕门，请元帅发落。』子牙传令：『请众诸侯齐至大营门，看吾号令此怪。』少时，众诸侯齐至辕门，子牙命牵过牛怪，用缚妖索将此怪缚在地下，令南宫适行刑。南宫适手起一刀，将牛头斩下。孟津河八十万人马齐声喝采。子牙命将牛头挂在旗竿上号令，掌鼓回营。却说袁洪已知梅山众弟兄俱被子牙所灭，欲前而不能进，欲后而不能退，着实无计，事属两难，心下甚是忧疑。不表。

只见子牙回营升帐，问杨戬曰：『梅山绝了几怪？』杨戬掐指一算：『启元帅：已灭了六怪。』子牙曰：『今晚

传与众诸侯：二更时分齐劫成汤大营。』又令杨戬：『你可单劫袁洪，取巧降伏此怪，大事可定。』杨戬答曰：『弟子同哪吒双去建功，更觉易于为力。』子牙许之，仍将众将分派已定。不表。却说袁洪在营中与参军殷破败、雷开二将议曰：『今主上命吾等在此守御，此处周兵虽多，能者甚少，况连日朝歌不曾见有救兵，亦不曾见吾捷报，恐天子忧心，深属不便。』命中军具疏往朝歌，请天子速发援兵前来接应。中军官具表求救。且说子牙亲乘坐骑，时至二更，一声炮响，周兵呐一声喊，齐杀进成汤营里去。正是：

黑夜冲营无准备，三军无故受灾殃。

话说南伯侯鄂顺领二百诸侯，一齐奋勇当先；北伯侯崇应鸾冲杀进左营；李靖、韦护、雷震子冲杀进右营；杨戬、哪吒杀入大营，进中军来战袁洪。且说袁洪听得周将劫营，忙上马，使一根铁棍，方出中军，恰逢杨戬，也不答话，二马相交，只杀得愁云荡荡，惨雾纷纷。怎见得，有诗为证，诗曰：

夜劫汤营神鬼惊，喊声齐发鼓锣鸣。
军兵奋勇谁堪敌，将士施威孰敢撄。
破败无心贪恋战，雷开有意奔途程。
梅山七怪从今灭，扫荡妖氛宇宙清。

话说众诸侯齐杀入成汤营里，只杀的尸横绿野，血满沟渠，哀声惨切，不堪听闻。只见杨戬大战袁洪，袁洪现出

原身，起在半空，将杨戬劈头一棍，打得火星迸出。杨戬有七十二变，随化一道金光，起在空中，也照袁洪顶上一刀劈将下来。这袁洪也有八九工夫，随刀化一道白气，护住其身。杨戬大喝曰：『梅山猴头，焉敢弄术！拿住你定要剥皮抽筋！』袁洪大怒曰：『你有多大本领，敢将吾兄弟尽行杀害，我与你势不两立！必擒你碎尸万段，以报其恨！』他二人各使神通，变化无穷，相生相克，各穷其技，凡人世物件、禽兽，无不变化，尽使其巧，俱不见上下。袁洪暗思：『此时其兵已攻破大营，料不能支，且将他诓上梅山，入吾巢穴，使他不能舒展，那时再擒他不难。』遂弃了大营，往梅山逃去。不表。且说众诸侯追杀成汤残败人马，杀到天明，子牙鸣金收兵，众诸侯各自回营。正是：

诸侯鞭敲金镫响，子牙全胜进辕门。

话说杨戬见袁洪纵祥光前去，乃弃了马，亦纵步借土遁紧紧追赶。只见袁洪随变一块怪石立在路旁。杨戬正赶，忽然不见了袁洪，即运神光，定睛观看，已知袁洪化为怪石；随即变一石匠，手执锤钻，上前锤他。袁洪知他识破，便化阵清风往前去了。如此两家各使神通，看看赶上梅山，忽的又不见了袁洪。杨戬上得梅山，果然好景。怎见得，有诗为证，诗曰：

梅山形势路羊肠，古柏乔松两岸旁。
飒飒阴风云雾长，妖魔假此匿行藏。

话说杨戬上了梅山，四面观望一遍，忽听得崖下一声响，窜出千百小猴儿，手执棍棒，齐来乱打杨戬。杨戬见众小猢狲左右乱打，情知不能取胜：『不若脱身下山。』杨戬化道金光去了。方才转过一坡，只听一派仙乐之音，满地祥云缭绕，又见女娲娘娘驾临。杨戬俯伏山下，叩首曰：『弟子杨戬不知娘娘圣驾降临，有失回避，望娘娘恕罪！』女娲曰：『你虽是玉泉山金霞洞玉鼎真人门徒，善会八九变化，不能降伏此怪。吾将此宝授你，可以收伏此恶怪也。』杨戬叩首拜谢。女娲娘娘自回宫去了。杨戬将此宝展开看时，心中甚是欢喜。此宝乃『山河社稷图』。杨戬一一依法行之，悬于一大树上。杨戬复上梅山，依旧找寻原路。话说袁洪见杨戬复上梅山，乃大呼曰：『杨戬，你此来是自送死也！』杨戬大笑曰：『你今日谅无生理！』使开刀，直取袁洪。袁洪也使开棍劈面交还。二人大战一会，杨戬转身就走。袁洪随后赶来。杨戬下了梅山，往前又走，忽见前面一座高山，杨戬径上了山。袁洪随赶上山来。不知此山乃女娲娘娘赐的『山河社稷图』变化的。袁洪赶上山来，入于圈套，再不能下山。杨戬将身一纵，下了『山河社稷图』，只见袁洪在山上左撺右跳。不知性命如何。且听下回分解。

第九十三回　金吒智取游魂关

诗曰：

斗柄看看又向东，寔荣枉自逞雄风。
金吒设智开周业，彻地多谋弄女红。
总为浮云遮晓日，故教杀气锁崆峒。
须知王霸终归主，枉使生灵泣路穷。

话说袁洪上了『山河社稷图』，如四象变化有无穷之妙，思山即山，思水即水，想前即前，想后即后，袁洪不觉现了原身。忽然见一阵香风扑鼻，异样甜美，这猴子爬上树去一望，见一株桃树，绿叶森森，两边摇荡，下坠一枝红滴滴的仙桃，颜色鲜润，娇嫩可爱。白猿看见，不觉欣羡，遂攀枝穿叶，摘取仙桃下来，闻一闻，扑鼻馨香，心中大喜，一口吞而食之。方才倚松靠石而坐，未及片时，忽然见杨戬仗剑而来。白猿欲待起身，竟不能起。不知食了此桃，将腰坠下，早被杨戬一把抓住头皮，用缚妖索捆住，收了『山河社稷图』，望正南谢了女娲娘娘，将白猿拎着，径回周营而来。有诗单赞女娲授杨戬秘法，伏梅山七怪，诗曰：

悟道投师在玉泉，秘传九转妙中玄。
离龙坎虎分南北，地户天门列后先。

变化无端还变化，坤乾颠倒合坤乾。
女娲秘授真奇异，任你精灵骨已穿。

话说杨戬擒白猿来至辕门，军政官报入中军：『启元帅：杨戬等令。』子牙命：『令来。』杨戬来至中军，见子牙，曰：『弟子追赶白猿至梅山，仰仗女娲娘娘秘授一术，已将白猿擒至辕门，请元帅发落。』子牙大喜，命：『将白猿拿来见我。』少时，杨戬将白猿拥至中军帐。子牙观之，见是一个白猿，乃曰：『似此恶怪，害人无厌，情殊痛恨！』令：『推出斩之！』众将把白猿拥至辕门，杨戬将白猿一刀，只见猴头落下地来，他项上无血，有一道清气冲出，颈子里长出一朵白莲花来；只见花一放一收，又是一个猴头。杨戬连诛数刀，一样如此，忙来报与子牙。子牙急出营来看，果然如此。子牙曰：『这猿猴既能采天地之灵气，便会炼日月之精华，故有此变化耳。这也无难……』忙令左右排香案于中，子牙取出一个红葫芦，放在香几之上，方揭开葫芦盖，只见里面升出一道白线，光高三丈有余。子牙打一躬：『请宝贝现身！』须臾间，有一物现于其上，长七寸五分，有眉，有眼，眼中射出两道白光，将白猿钉住身形。子牙又一躬：『请法宝转身！』那宝物在空中，将身转有两三转，只见白猿头已落地，鲜血满流。众皆骇然。有诗赞之，诗曰：

此宝昆仑陆压传，秘藏玄理合先天。
诛妖杀怪无穷妙，一助周朝八百年。

少时，杨戬将白猿拥至中军帐。

话说子牙斩了白猿，收了法宝，众门人问曰：『如何此宝能治此巨怪也？』子牙对众人曰：『此宝乃在破万仙阵时，蒙陆压老师传授与我，言后有用他处，今日果然。大抵此宝乃用宾铁修炼，采日月精华，夺天地秀气，颠倒五行，到工夫圆满，如黄芽白雪，结成此宝，名曰：「飞刀」。此物有眉，有眼，眼里有两道白光，能钉人仙妖魅泥丸宫的元神，纵有变化，不能逃走。那白光顶上如风轮转一般，只一二转，其头自然落地。前次斩余元即此宝也。』众人无不惊叹：『乃武王之洪福，故有此宝来克治之耳。』不言子牙斩了白猿，且说殷破败、雷开败回朝歌，面见纣王，备言：『梅山七怪化成人形，与周兵屡战，俱被陆续诛灭，复现原形，大失朝廷体面，全军覆没，臣等只得逃回。今天下诸侯齐集孟津，旌旗蔽日，杀气笼罩数百里。望陛下早安社稷为重，不可令诸侯一至城下，那时救解迟矣。』纣王着忙，急急设朝，问两班文武曰：『今周兵猖獗，如何救解？』众官钳口不言。有中大夫飞廉出班奏曰：『今陛下速行旨意，张挂朝歌四门：如能破得周兵，能斩将夺旗

者，官居一品。古云：「重赏之下，必有勇夫。」况鲁仁杰才兼文武，令彼调团营人马，训练精锐，以待敌军，严备守城之具，坚守勿战，以老其师。今诸侯远来，利在速战。一不与战，以待彼粮尽，彼不战自走；乘其乱以破之，天下诸侯虽众，未有不败者也，此为上策。」纣王曰：「卿言甚善。」随传旨意，张挂各门，一面令鲁仁杰操练士卒，修理攻守之具。不表。

且说金吒、木吒别了子牙，兄弟二人在路商议。金吒曰：「我二人奉姜元帅将令来救东伯侯姜文焕进关，若与窦荣大战，恐不利也。我和你且假扮道者，诈进游魂关反去协助窦荣，于中用事，使彼不疑；然后里应外合，一阵成功，何为不美。」木吒曰：「长兄言得甚善。」二人吩咐使命：「领人马先去报知姜文焕，我弟兄二人随后就来。」使命领人马去讫。金、木二吒随借土遁，落在关内，径至帅府前，金吒曰：「门上的，传与你元帅得知，海外有炼气士求见。」门官不敢隐讳，急至殿前启曰：「府外有二道者，口称海外之士，要见老爷。」窦荣听说，传令：「请来。」二人径至檐前，打稽首曰：「老将军，贫道稽首了。」窦荣曰：「道者请了。今道者此来，有何见谕？」金吒答曰：「贫道二人乃东海蓬莱岛炼气散人孙德、徐仁是也。方才我兄弟偶尔闲游湖海，从此经过，因见姜文焕欲进此关，往孟津会合天下诸侯，以伐当今天子；此是姜尚大逆不道，以惶惑之言挑衅天下诸侯，致生民涂炭，海宇腾沸。此天下之叛臣，人人得而诛之者也。我弟兄昨观乾象，汤气正旺，姜尚等徒苦生灵耳。吾弟兄愿出一臂之力，助将军先擒姜文焕，解往朝歌；然后以得胜之兵，掩诸侯之后，出其不意，彼前后受敌，一战乃成擒耳。正所谓「迅雷不及

掩耳」，此诚不世出之功也。但贫道出家之人，本不当以兵戈为事，因偶然不平，故向将军道之，幸毋以方外术士之言见诮可也。乞将军思之。』窦荣听罢，沉吟不语。旁有副将姚忠厉声大呼曰：『主将切不可信此术士之言！姜尚门下方士甚多，是非何足以辨？前日闻报，孟津有六百诸侯协助姬发。今见主将阻住来兵，不能会合孟津，姜尚故将此二人假作云游之士，诈设麾下，为里应外合之计。主将不可不察，毋得轻信，以堕其计。』金吒听罢，大笑不止，回首谓木吒曰：『道友，不出你之所料。』金吒复向窦荣曰：『此位将军之言甚是。此时龙蛇混杂，是非莫辨，安知我辈不是姜尚之所使耳？在将军不得不疑。但不知贫道此来，虽是云游，其中尚有原故。因吾师叔在万仙阵死于姜尚之手，屡欲思报此恨，为独木难支，不能向前；今此来特假将军之兵，上为朝廷立功，下以报天伦私怨，中为将军效一臂之劳，岂有他心。既将军有猜疑之念，贫道又何必在此琐琐也！但剖明我等一点血诚，自当告退。』道罢，抽身就走，抚掌大笑而出。窦荣听罢金吒之言，见如此光景，乃沉思曰：『天下该多少道者伐西岐，姜尚门下虽多，海外高人不少，岂得恰好这两个就是姜尚门人？况我关内之兵将甚多，若只是这两个，也做不得甚么事，如何反疑惑他？据吾看他意思，是个有道之士，况且来意至诚，不可错过。』忙令军政官赶去：『速请道者回来！』正是：

武王洪福摧无道，故令金吒建大功。

话说军政官赶上金、木二吒，大呼曰：『二位师父，我老爷有请！』金吒回头，看见有人来请，对使者正色言曰：『皇天后土，实鉴我心。我将天下诸侯之首送与你们老爷，你老爷反辞而不受，却信偏将之疑，使我蒙不智之耻，如今我断不回去！』军政官苦苦坚执不放，言曰：『师父若不回去，我也不敢去见老爷。』木吒曰：『道兄，窦将军既来请俺回去，看他怎样待我们。若重我等，我们就替他行事；如不重我等，我们再来不迟。』金吒方勉强应允。二人回至府前，军政官先进府通报。窦荣命：『快请来！』二人进府，复见窦荣，窦荣忙降阶迎接，慰之曰：『不才与师父素无一面，况兵戈在境，关防难稽，在不才副将不得不疑。只不才见识浅薄，不能立决，多有得罪于长者，幸毋过责，不胜顶戴！今姜尚聚兵孟津，人心摇撼；姜文焕在城下，日夜攻打，不识将何计可解天下之倒悬，擒其渠魁，殄其党羽，令万姓安堵，望老师明以教我，不才无不听命。』金吒曰：『据贫道愚见：今姜尚拒敌孟津，虽有诸侯数百，不过乌合之众，人各一心，久自离散；只姜文焕兵临城下，不可以力战，当以计擒之。其协从诸侯，不战而自走也。然后以得胜之师，掩孟津之后，姜尚虽能，安得豫为之计哉。彼所恃者天下诸侯，而众诸侯一闻姜文焕东路被擒，挫其锋锐，彼众人自然解体；乘其离而战之，此万全之功也。』窦荣闻言大喜，慌忙请坐，命左右排酒上来。金、木二吒曰：『贫道持斋，并不用酒食。』随在殿前蒲团而坐。窦荣亦不敢强。一夕晚景已过。次日，窦荣升殿，聚众将议事，忽报：『东伯侯遣将搦战。』窦荣对金、木二吒曰：『今日东伯侯在城下搦战，不识二位师父作何计以破之？』金吒曰：『贫道既来，今日先出去见一阵，看其何如，然后以计擒之。』道罢，忙起身提剑在手，对窦荣曰：『借老将军捆绑手随吾压阵，好去拿人。』窦荣听罢大喜，忙传令：『摆队伍，吾自去压阵。』关内炮声响亮，三军呐喊，开放关门，一对旗摇，金吒提剑而来。怎见得，正是：

窦荣错认三山客，咫尺游魂关属周。

话说金吒出关，见东伯侯门旗脚下一员大将，金甲，红袍，走马军前，大呼曰：『来此道者，先试吾利刃也！』金吒曰：『尔是何人？早通名来。』来将答曰：『吾乃东伯侯麾下总兵官马兆是也。道者何人？』金吒曰：『贫道是东海散人孙德。因见成汤旺气正盛，天下诸侯无故造反，吾偶闲游东土，见姜文焕屡战多年，众生涂炭，吾心不忍，待发慈悲，擒拿渠魁，殄灭群虏，以救众生。汝等知命，可倒戈纳降，尚能待尔等以不死；如若半字含糊，叫你立成齑粉！』言罢，纵步绰剑来取马兆。马兆手中刀急架来迎。怎见金吒与马兆一场大战，有诗为证，诗曰：

纷纷戈甲向金城，文焕专征正未平。
不是金吒施妙策，游魂安得渡东兵。

话说金吒大战马兆，步马相交，有三二十合，金吒祭起遁龙桩，一声响，将马兆遁住。窦荣挥动兵戈，一齐冲杀。东兵力战不住，大败而走。金吒命左右将马兆拿下，与窦荣掌得胜鼓进关。窦荣升殿坐下，金吒坐在一旁。窦荣令左右：『将马兆推来。』众军士把马兆拥至殿前，马兆立而不跪。窦荣喝曰：『匹夫！既被吾擒，如何尚自抗礼？』马兆大怒，骂曰：『吾被妖道邪术遭擒，岂肯屈膝于你无名鼠辈耶！一死何足惜，当速正典刑，不必多说。』窦荣喝令：『推出斩之！』金吒曰：『不可。待吾擒了姜文焕，一齐解送朝歌，以法归朝廷，足见老将军不世之功，非虚冒之绩，岂不美哉！』窦荣见金吒如此手段，说话有理，便倚为心腹，随传令：『将马兆囚在府内。』不表。且

说东伯侯姜文焕闻报，金吒将马兆拿去，姜文焕大喜：『进关只在咫尺耳！』次日，姜文焕布开大队，摆列三军，鼓声大振，杀气迷空，来关下搦战。哨马报入关中，窦荣忙问金、木二吒曰：『二位老师，姜文焕亲自临阵，将何计以擒之，则功劳不小。』金、木二吒慨然应曰：『贫道此来，单为将军早定东兵，不负俺弟兄下山一场。』随即提剑在手，出关来迎敌。只见东伯侯姜文焕一马当先，左右分大小众将。怎生打扮，有赞为证，赞曰：

顶上盔，攒六瓣；黄金甲，锁子绊；大红袍，团龙贯；护心镜，精光焕；白玉带，玲花献；勒甲绦，飘红焰；虎眼鞭，龙尾半；方楞锏，宾铁煅；胭脂马，毛如彪；斩将刀，如飞电。千战千赢东伯侯，文焕姓姜千古赞。

话说金、木二吒大呼曰：『反臣慢来！』姜文焕曰：『妖道通名！』金吒答曰：『吾乃东海散人孙德、徐仁是也。尔等不守臣节，妄生事端，欺君反叛，戕害生灵，是自取覆宗灭嗣之祸；可速倒戈，免使后悔。』姜文焕大骂曰：『泼道无知，仗妖术擒吾大将，今又巧言惑众，这番拿你，定碎尸以泄马兆之恨！』催开马，使手中刀，飞来直取。金吒手中剑劈面交还。步马相交，有七八回合，姜文焕拨马便走。金、木二吒随后赶来。约有一射之地，金吒对东伯侯曰：『今夜二更，贤侯可引兵杀至关下，吾等乘机献关便了。』姜文焕谢毕，挂下钢刀，回马一箭射来。金、木二吒把手中剑望上一挑，将箭拨落在地。金吒大骂曰：『奸贼！敢暗射吾一箭也！吾且暂回，明日定拿你以报一箭之恨！』金、木二吒回关，来见窦荣。窦荣问曰：『老师为何不用宝贝伏之？』金吒答曰：『贫道方欲祭此宝，不意那匹夫拨马就走；贫道赶去擒之，反被他射了一箭。待贫道明日以法擒之。』三人正在殿上讲议，忽后边报：

窦荣以手中刀赴面交还。二马相交，双刀并举。

『夫人上殿。』金、木二吒见一女将上殿，忙向前打稽首。夫人问窦荣曰：『此二位道者何来？』窦荣曰：『此二位道长乃东海散人孙德、徐仁是也，今特来助吾共破姜文焕。前日临阵，擒获马兆；待明日用法宝擒获姜文焕等，以得胜之师，掩袭姜尚之后，此长驱莫御之策，成不世之功也。』夫人笑曰：『老将军，事不可不虑，谋不可不周，不可以一朝之言倾心相信。倘事生不测，急切难防，其祸不小。望将军当慎重其事。古云：「将欲取之，必固与之。」愿将军详察。』金、木二吒曰：『窦将军在上：夫人之疑，大似有理。我二人又何必在此多生此一番枝节耶，即此告辞。』金、木二吒言毕，转身就走。窦荣扯住金、木二吒曰：『老师休怪。我夫人虽系女流，亦善能用兵，颇知兵法。他不知老师实心为纣，乃以方士目之，恐其中有诈耳。老师幸毋嗔怪，容不才陪罪。俟破敌之日，不才自有重报。』金吒正色言曰：『贫道一点为纣真心，惟天地可表。今夫人相疑，吾弟兄若飘然而去，又难禁老将军一段热心相待，只等明日擒了姜文焕，方知吾等一段血诚。只恐夫人难与贫道相见耳。』夫人不觉惭谢而退。窦荣与金吒议曰：『不知明日老师将何法擒此反臣，以释群疑，以畅众怀？』金吒曰：『明日会兵，当祭吾法宝，自然立擒姜文焕耳。文焕被擒，余党必然瓦解。然后往孟津会兵，以擒姜子牙，可解诸侯之兵也。』窦荣听说大喜。回内室安息。金、木二吒静坐殿上。将至二更，只听得关外炮声大振，喊杀连天，金鼓大作，杀至关下，架炮攻打。有中军官入府，击云板，急报窦荣。窦荣忙出殿，聚众将上关，有夫人彻地娘子披挂提刀而出。金吒对窦荣曰：『今姜文焕恃勇，乘夜提兵攻城，出我等之不意。我等不若将计就计，齐出掩杀，待贫道用法宝擒之，可以一阵成功，早早奏捷。夫人可与吾道弟谨守城池，毋使他虞。』夫人听罢，满口应允：『道者之言，甚是有理。我与此位守关，你与此位出敌。我自料理城上，乘此夤夜，可以成功也。』正是：

文焕攻关归吕望，金吒设计灭成汤。

话说窦荣听金吒之言，整点众将士，方欲出关，有夫人之言曰：『夤夜交兵，须是谨慎，毋得贪战，务要见机，不得落他圈套。将军谨记，谨记！』看官：这是彻地夫人留心防关，恐二位道者有变，故此叮咛嘱付耳。金吒见夫人言语真切，乃以目送情与木吒。木吒已解其意，只在临机应变而已，亦以目两相关会，随同彻地夫人在关上驻扎防卫。只见窦荣开关，把人马冲出，窦荣在旗门脚下见姜文焕滚至军前，窦荣大喝曰：『反臣！今日合该休矣！』姜文焕也不答话，仗手中刀直取窦荣。窦荣以手中刀赴面交还。二马相交，双刀并举。怎见得，有诗赞之，诗曰：

杀气腾腾烛九天，将军血战苦相煎。

扶王碧血垂千古，为国丹心勒万年。
文焕归周扶帝业，窦荣尽节丧黄泉。
谁知运际风云会，八百昌期兆已先。

话说窦荣挥动众将，两军混战，只杀得天愁地暗，鬼哭神嚎，刀枪响亮，斧剑齐鸣，喊杀之声震地，灯笼火把如同白昼，人马汹涌似海沸江翻。且言金吒纵步，在军中混战，观见东伯侯带领二百镇诸侯围将上来，金吒急祭起遁龙桩，一声响，先将窦荣遁住。不知老将军性命若何，且听下回分解。

第九十四回　文焕怒斩殷破败

诗曰：

兵马临城却讲和，诸侯岂肯罢干戈。
殷汤德业八荒尽，周武仁风四海歌。
大厦将倾谁可负，溃痈已破孰能荷！
荒淫到底成何事，尽付东流入海波。

话说金吒祭起遁龙桩，将窦荣遁住，早被姜文焕一刀挥为两段。可怜守关二十年，身经数百战，善守关防，不曾失利，今日被金吒智取杀身！正是：

争名树业随流水，为国孤忠若浪萍。

话说姜文焕斩了窦荣，三军呐喊。只见木吒在关上见东伯侯率领诸侯鏖战，声势大振，在城敌楼上暗暗祭起吴钩剑去，此剑升于空中，木吒暗曰：『请宝贝转身！』那剑在空中如风轮一般，连转二三转，可怜彻地夫人，正是：

油头粉面成虚话，广智多谋一旦休。

话说木吒暗祭吴钩剑，斩了彻地夫人，在关上大呼曰：『吾是木吒在此，奉姜元帅将令，来取此关。今主将皆已伏诛，降者免死，逆者无生！』众皆拜伏于地。金吒已知兄弟献关，同东伯侯姜文焕杀至关下。木吒令左右开关迎

接。人马进了关，姜文焕查盘府库，安抚百姓，放了被禁马兆，感谢金、木二吒。金吒曰：『贤侯速行，吾等先往孟津，报与姜元帅。贤侯不可迟误戊午之辰，以应上天垂象之兆。』姜文焕曰：『谨如二位师父大教。』金、木二吒辞了姜文焕，驾土遁往孟津前来。且说子牙在孟津大营，与二路大诸侯共议：『三月初九日乃是戊午之辰，看看至近，如何东伯侯尚未见来？奈何！奈何！』正商议间，忽报：『金、木二吒在辕门等令。』子牙传令：『令来。』金、木二吒来至中军行礼毕，乃曰：『奉元帅将令，往游魂关，诈为云游之士，乘机取关。』把前事如此如彼尽说了一遍，『今弟子先来报与元帅，东伯侯大兵随后至矣。』子牙闻说大喜，深羡二人用计，乃曰：『天意响应，不到戊午日，天下诸侯不能齐集。』

话说东伯侯大兵那一日来至孟津。哨马报入中军：『启元帅：东伯侯至辕门等令。』子牙传令：『请来。』姜文焕率领二百镇诸侯进中军，参谒子牙。子牙忙迎下座来。彼此温慰一番。姜文焕又曰：『烦元帅引见武王一面。』子牙同姜文焕进后营，拜见武王。不表。此时天下诸侯共有八百，各处小诸侯不计，共合人马一百六十万。子牙在孟津祭了宝纛旗幡，一声炮响，整人马望朝歌而来。怎见得，有诗为证，诗曰：

征云迷远谷，杀气振遐方。刀枪如积雪，剑戟似堆霜。旌旗遮绿野。金鼓震空桑。刁斗传新令，时雨庆壶浆。军行如骤雨，马走似奔狼。

正是：

吊民伐罪兵戈胜，压碎群凶福祚长。

话说天下诸侯领人马正行，只见哨马报入中军曰：『启元帅：人马已至朝歌，请元帅军令定夺。』子牙传令：『安下大营。』三军呐喊，放定营大炮。

只见守城军士报入午门，当驾官启奏曰：『今天下诸侯兵至城下，扎下行营，人马共有一百六十万，其锋不可当，请陛下定夺。』纣王听罢大惊，随命众官保驾上城，看天下诸侯人马。怎见得，有赞为证，赞曰：

行营方正，遍地兵山。刁斗传呼，威严整肃。长枪列千条柳叶；短剑排万片冰鱼。瑞彩飘飘，旗幡色映似朝霞；寒光闪灼，刀斧影射如飞电。竹节鞭悬豹尾；方楞锏挂龙梢。弓弩排两行秋月；抓锤列数队寒星。鼓进金退，交锋士卒若神威；癸呼庚应，递传粮饷如鬼运。画角幽幽，人声寂寂。真是：堂堂正正之师，吊民伐罪之旅。

话说纣王看罢子牙行营，忙下城登殿，坐问两班文武，言曰：『方今天下诸侯会兵于此，众卿有何良策以解此危？』鲁仁杰出班奏曰：『臣闻：「大厦将倾，一木难扶。」目今库藏空虚，民日生怨，军心俱离，纵有良将，其如人心未顺何！虽与之战，臣知其不胜也。不若遣一能言之士，陈说君臣大义，顺逆之理。令其罢兵，庶几可解此危。』纣王听罢，沉吟半晌。只见中大夫飞廉出班奏曰：『臣闻：「重赏之下，必有勇夫。」况都城之内，环堵百里，其中岂无豪杰之士隐踪避迹于其间者？愿陛下急急求之，加以重爵崇禄而显荣之，彼必出死力以解此危。况城中尚有甲兵十数万，粮饷颇足。即不然，令鲁将军督其师，背城一战，雌雄尚在未定之天。岂得骤以讲和示弱耶！』纣

王曰：『此言甚是有理。』一面将圣谕张挂榜篷；一面整顿军马。不表。

且说朝歌城外离三十里地方，有一人，姓丁，名策，乃是高明隐士。正在家中闲坐，忽听得周兵来至，围了朝歌，丁策叹曰：『纣王失德，荒淫无道，杀忠听佞，残害生灵，天愁人怨，故贤者退位，奸佞盈廷。今天下诸侯会兵至此，眼见灭国，无人替天子出力，束手待毙而已。平日所以食君之禄，分君之优者安在！想吾丁策，昔日曾访高贤，传吾兵法，深明战守，意欲出去舒展生平所负，以报君父之恩；其如天命不眷，万姓离心，大厦将倾，一木如何支撑？可怜成汤当日如何德业，拜伊尹，放桀于南巢，相传六百余年，贤圣之君六七作，今一旦至纣而丧亡，令人目极时艰，不胜嗟叹！』丁策乃作诗一首以叹之，诗曰：

伊尹成汤德业优，南巢放桀冠诸侯。

谁知三九逢辛纣，一统化夷尽属周。

话说丁策作诗方毕，只见大门外有人进来，却是结盟弟兄郭宸。二人相见，施礼坐下。丁策问曰：『贤弟何来？』郭宸答曰：『小弟有一事特来与长兄商议。』丁策曰：『有何事？请贤弟见教。』郭宸曰：『方今天下诸侯都已会集于此，将朝歌围困，天子出有招贤榜文。小弟特请长兄出来，共辅王室。况长兄抱经济之才，知战守之术，一出仕于朝，上可以报效于朝廷，显亲扬名，下不负胸中所学。』丁策笑曰：『贤弟之言虽则有理，但纣王失政，荒淫不道，天下离心，诸侯叛乱，已非一日；如大痈既溃，命亦随之，虽有善者，亦未如之何矣。你我多大学识，

丁策曰：『贤弟，事关利害，非同小可，岂得造次，再容商量。』

敢以一杯之水救车薪之火哉。况姜子牙乃昆仑道德之士，又有这三山五岳门人，徒送了性命，不为可惜耶。』郭宸曰：『兄言差矣！吾辈乃纣王之子民，食其土而践其茅，谁不沐其恩泽，国存与存，国亡与亡，此正当报效之时，便一死何惜，为何说此不智之言。况吾辈堂堂丈夫，一腔热血，不向此处一洒，更何待也。若论俺弟兄胸中所学，讲甚么昆仑之士，理当出去解天子之忧耳。』丁策曰：『贤弟，事关利害，非同小可，岂得造次，再容商量。』二人正辩论间，忽门外马响，有一大汉进来。此人姓董，名忠，慌忙而入。丁策看董忠入来，问曰：『贤弟何来？』董忠曰：『小弟特来请兄同佐纣王，以退周兵。昨日小弟在朝歌城见招贤榜文，小弟大胆将兄名讳连郭兄、小弟，共是三人，齐投入飞廉府内。飞廉且奏纣王，令明早朝见。今特来约兄等明早朝见。古云：「学成文武艺，货与帝王家。」况君父有难，为臣子者忍坐视之耶！』丁策曰：『贤弟也不问我一声，就将我名字投出去，此事干系重大，岂得草率如此？』董忠曰：『吾料兄必定出身报国，岂是守株待兔之

辈！』郭宸欢然大笑曰：『董贤弟所举不差，我正在此劝丁兄，不意你先报了名。』丁策只得治酒管待。三人饮了一宵，次早往朝歌来。正是：

痴心要想成梁栋，天意扶周怎奈何！

话说丁策三人，次日来至午门候旨。午门官至殿上奏曰：『今有三贤士在午门候旨。』纣王命：『宣三人进殿。』午门官至外面传旨，三人闻命进殿，望驾进礼称『臣』。王曰：『昨飞廉荐卿等高才，三卿必有良策可退周兵，辅朕之社稷，以分朕忧。朕自当分茅列土，以爵卿等。朕决不食言。』丁策奏曰：『臣闻：「战，危事也。圣王不得已而用。」今周兵至此，社稷有累卵之危，我等虽幼习兵书，固知战守之宜，臣等不过尽此心报效于陛下，其成败利钝，非臣等所逆料也。愿陛下敕所司，以供臣等取用，毋令有掣肘之虞。臣等不胜幸甚！』纣王大喜，封丁策为神策上将军；郭宸、董忠为威武上将军；随赐袍带，当殿腰金衣紫，赐宴便殿。三将谢恩。次早参见鲁仁杰。鲁仁杰调人马出朝歌城来。有词为证，词曰：

御林军卒出朝歌，壮士纷纷击鼓鼍。千里愁云遮日色，数重怨气障山窝。被铠甲，荷干戈，人人踊跃似奔波。诸侯八百皆离纣，枉使儿郎遭网罗。

话说鲁仁杰调人马出城安营。只见探马报入中军：『启元帅：成汤遣大兵在城外，立下营寨，请令施行。』子牙传令：『命众将出营，至成汤营前搦战。』只见探马报入中军：『有周营大队人马讨战。』鲁仁杰闻报，亲自率领

众将出辕门，见子牙乘异兽，两边摆列三山五岳门人。只见哪吒蹬风火轮，提火尖枪，立于左手；杨戬仗三尖刀，淡黄袍，骑白马，立于右手；雷震子、韦护、金吒、木吒、李靖、南宫适、武吉等一班排立；众诸侯济济师师，大是不同。正是：

扶周灭纣姜元帅，五岳三山得道人。

话说鲁仁杰一马当先，大呼曰：『姜子牙请了！』子牙在四不像上欠背打躬，问曰：『来者是谁？』鲁仁杰曰：『吾乃纣王驾下总督兵马大将军鲁仁杰是也。姜子牙，你既是昆仑道德之士，如何不遵王化，构合诸侯，肆行猖獗，以臣伐君，屠城陷邑，诛君杀将，进逼都城，意欲何为？千古之下，安能逃叛逆之名，欺君之罪也！今天子已赦尔往愆，不行深究，尔等可速速倒戈，撤回人马，各安疆土，另行修贡。天子亦以礼相看。如若执迷，那时天子震怒，必亲率六师，定捣其穴，立成齑粉，悔之何及！』子牙笑曰：『你为纣王重臣，为何不察时务，不知兴亡？今纣王罪恶贯盈，人神共怒，天下诸侯会兵驻此，亡在旦夕，子尚欲强言以惑众也。昔日成汤德日隆盛，夏桀暴虐，成汤放于南巢，伐夏而有天下，至今六百余年。至纣之恶，孚于夏桀，吾今奉天征讨而诛独夫，公何得尚执迷如此，以逆天时哉！今天下诸侯会兵在此，止弹丸一城，势如累卵，犹欲以言词相尚，公何不智如此！』鲁仁杰大怒曰：『利口匹夫！吾以你为老成有德之人，故以理相谕，汝犹恃强妄谈彼长哉！独不思以臣伐君，遗讥万世耶！』回顾左右曰：『谁为吾擒此逆贼？』后有一将大呼曰：『吾来也！』纵马舞刀，飞来直取子牙。子牙旁有南宫适冲将过来，与郭宸截住厮杀。二马相交，双刀并举。两下擂鼓，杀声大振。丁策在马上也摇枪冲杀过来助战。这壁厢武吉走马抵住交锋。战未有二十余合，有南伯侯鄂顺飞马直冲过来截杀。那边有董忠敌住。子牙营左边恼了一路诸侯，乃是东伯侯姜文焕，磕开紫骅骝，走马刀劈了董忠，使发钢锋，好凶恶！怎见得好刀，有诗为证，诗曰：

怒发冲冠射碧空，钢刀闪灼快如风。
旗开得胜姜文焕，一怒横行劈董忠。

话说东伯侯走马刀劈董忠，在成汤阵前，凶如猛虎，恶似狼豺。子牙左右有哪吒大叫曰：『吾等进五关不曾见大功，今日至都城大战，难道束手坐观成败耶！』言罢，随登开风火轮，摇火尖枪，冲杀过来。杨戬也纵马摇刀，直杀过阵内。这壁厢鲁仁杰纵马摇枪敌住。两家混战，只杀得天愁地暗，鬼哭神嚎。哪吒大战丁策，郭宸也来助战。只听得鼓振乾坤，旗遮旭日。哪吒祭起乾坤圈，正中丁策。可怜！正是：

明知昏主倾邦国，冥下含冤怨董忠。

话说哪吒打死丁策，郭宸落荒，被杨戬一刀劈于马下。鲁仁杰料不能取胜，随败进行营，子牙鸣金收军。

却说鲁仁杰报入城中，连折三将，大败一阵。纣王闻报，心中甚闷，与众臣共议曰：『今周兵驻师城外，兵败将亡，不能取胜，国内无人，为之奈何？』旁有殷破败奏曰：『今社稷有累卵之危，万姓有倒悬之急，朝野无人，

骂罢，手起一刀，挥为两段。

旦夕莫待，臣与姜子牙有半面之识，舍死至周营，晓以君臣大义，劝其罢兵，令天下诸侯解释，各安本土，或未可知。如其不然，臣愿骂贼而死。』纣王从其言，使破败往周营说之。殷破败领旨出城，来至周营，命左右通报。只见中军官进营，来见子牙，启曰：『成汤差官至营门，请令定夺。』子牙传令：『令来。』殷破败随令而入，进了大营。好齐整！只见两边列坐天下诸侯，中军帐上坐姜子牙。殷破败上帐曰：『姜元帅，末将殷破败甲胄在身，不能全礼。』子牙忙欠身迎曰：『殷老将军此来有何见谕？』殷破败曰：『末将别元帅已久，不意元帅总六师之长，为诸侯之表率，真荣宠崇耀，令人惊羡！今特来参谒，有一言奉告，但不知元帅肯容纳否？』子牙曰：『老将军有何事见教？但有可听者，无不如命；如不可行者，亦不必言。幸老将军谅之。』子牙命赐坐，殷破败逊谢，坐而言曰：『末将尝闻：「天子之尊，上等于天。」天可灭乎？又法典所载：「有违天子之制而擅专征伐者，是为乱臣。乱臣者，杀无赦。有构会群党谋为不轨，犯上无君者，此为逆臣。逆臣

者，则族诛。天下人人得而讨之。」昔成汤以至德，沐风栉雨，伐夏以有天下，相传至今，六百余年，则天下之诸侯、百姓，皆世受国恩，何人非纣之臣民哉！今不思报本，反倡为乱首，率天下诸侯相为叛乱，残贼生灵，侵王之疆土，覆军杀将，逼王之都城，为乱臣逆臣之尤，罪在不赦。千古之下，欲逃篡弑之名，岂可得乎？末将深为元帅不取也！以末将愚见：元帅当屏退诸侯，各还本国，各修德业，毋令生民涂炭。天子亦不加尔等之罪，惟厥修政事，以乐天年，则天下受无疆之福矣。不识元帅意下如何？」

子牙笑曰：『老将军之言差矣！尚闻：「天下者非一人之天下，乃天下人之天下也。」故天命无常，惟眷有德。昔尧帝有天下而让于舜；虞帝复让于禹，禹相传至桀而荒怠朝政，不修德业，遂坠夏统。成汤以大德得承天命，于是放桀而有天下，传至于今。岂意纣王罪甚于桀，荒淫不道，杀妻诛子，剖贤人之心，炮烙谏官，虿盆宫女，囚奴正士，醢戮大臣，斫朝涉之胫，刳剔孕妇，三纲尽绝，五伦有乖，天怒民怨，自古及今，罪恶昭著未有若此之甚者。语云：「贼仁者，谓之贼；贼义者，谓之残。残贼之人，谓之一夫。」乃天下所共弃者，又安得谓之君哉！今天下诸侯共伐无道，正为天下洗此凶残，救民于水火耳，实有光于成汤。故奉天之罚者，谓之天吏，岂得尚拘之以臣伐君之名耶？』

殷破败见子牙一番言词，凿凿有理，知不可解，自思：『不若明目张胆，慷慨痛言一番，以尽臣节而已。』乃大言曰：『元帅所说，乃一偏之言，岂至公之语！吾闻：君父有过，为臣子者必委曲周旋谏诤之，务引其君于当道；如甚不得已，亦尽心苦谏，虽触君父之怒，或死，或辱，或缄默以去，总不失忠臣孝子之令名。未闻暴君之过，扬父之恶，尚称为臣子者也。元帅以至德称周，以至恶归君，而尚谓之至德者乎？昔汝先王被囚羑里七年，蒙赦归国，愈自修德，以达君父知遇之恩，未闻有一怨言及君。至今天下共以大德称之。不意传之汝君臣，构合天下诸侯，妄称君父之过，大肆猖獗，屠城陷邑，覆军杀将，白骨盈野，碧血成流；致民不聊生，四民废业，天下荒荒，父子不保，夫妻离散；此皆汝等造这等恶业，遗羞先王，得罪于天下后世，虽有孝子慈孙，焉能盖其篡弑之名哉。况我都城，尚有甲兵十余万，将不下数百员，倘背城一战，胜负尚未可知；汝等岂就藐视天子，妄恃已能耶？』

左右诸侯听殷破败之言，俱各大怒。子牙未及回言，只见东伯侯姜文焕带剑上帐，指殷破败大言曰：『汝为国家大臣，不能匡正其君，引之于当道；今已陷之于丧亡，尚不自耻，犹敢鼓唇弄舌于众诸侯之前耶？真狗彘不若，死有余辜！还不速退，免尔一死！』子牙急止之曰：『两国相争，不禁来使。况为其主，何得与之相争耶？』姜文焕尚有怒色。殷破败被姜文焕数语，骂得勃然大怒，立起骂曰：『汝父搆通皇后，谋逆天子，诛之宜也。汝尚不克修德业，以盖父愆，反逞强恃众，肆行叛乱，真逆子有种。吾虽不能为君讨贼，即死为厉鬼，定杀汝等耳！』姜文焕被殷破败之骂，一腔火起，满面烟生，执剑大骂曰：『老匹夫！我思吾父被醢，国母遭害，俱是你这一班贼子播弄国政，欺君罔上，造此祸端！不杀你这老贼，吾父何日得泄此沉冤于地下也！』骂罢，手起一刀，挥为两段。及至子牙止之，已无济矣。众诸侯齐曰：『东伯姜君侯斩此利口匹夫，大快人意！』子牙曰：『不然。殷破败乃天子大臣，彼以礼来讲好，岂得擅行杀戮，反成彼之名也。』姜文焕曰：『这匹夫敢于众诸侯之前鼓唇摇舌，说短论长，又叱辱不才，情殊可恨。若不杀之，心下郁闷。』子牙曰：『事已至此，悔之无及。』命左右将破败之尸抬出，以礼厚葬，打点进兵。不知后事如何，下回分解。

第九十五回　子牙暴纣王十罪

诗曰：

纣王无道类穷奇，十罪传闻万世知。
敲骨剖胎黎庶惨，虿盆炮烙鬼神悲。
西风夜吼啼玄鸟，暮雨朝垂泣子规。
无限伤心题往事，至今青史不容私。

话说子牙命左右将殷破败尸首抬出营去，于高阜处以礼安葬毕，令众将攻城。只见纣王在殿上与众文武议事，忽午门官来启奏：『殷破败因言触忤姜尚被害，请旨定夺。』纣王大惊。旁有殷破败之子哭而奏曰：『「两国相争，不斩来使。」岂有擅杀天使，欺逆之罪，莫此为甚！臣愿舍死以报君父之仇。』纣王慰之曰：『卿虽忠荩可嘉，须要小心用事。』殷成秀点人马出城，杀至周营搦战。子牙在营中，正议攻城，只见报马报入城中：『有将讨战。』子牙问：『谁去见阵走一遭？』有东伯侯出班曰：『末将愿往。』子牙许之。姜文焕调本部人马，出了辕门，见是殷成秀，姜文焕乃曰：『来者乃是殷成秀？你父不谙时务，鼓唇摇舌，触忤姜元帅，吾故诛之。你今又来取死也！』殷成秀大怒，骂曰：『大胆匹夫！「两国相争，不斩来使。」吾父奉天子之命，通两国之好，反遭你这匹夫所害。杀父之仇，不共戴天，定拿你碎尸万段，以泄此恨！』骂罢，纵马舞刀，飞来直取。姜文焕手中刀劈面交还。二马相交，双

话说纣王在宫内，正与妲己饮宴。

刀并举。有赞为证，赞曰：

二将交锋势莫当，征云片片起霞光。这一个生心要保真命主；那一个立志还从侠烈士。这一个刀来恍似三冬雪；那一个利刃犹如九陌霜。这一个丹心碧血扶周主；那一个赤胆忠肝助纣王。自来恶战皆如此，怎似将军万古扬。

话说二将大战三十余合，姜文焕乃东方有名之士，殷成秀岂是文焕敌手，早被文焕一刀挥于马下。可怜父子俱尽忠于国！姜文焕下马，将殷成秀首级枭回营来，见子牙备言前事。子牙大喜。且说报马报入午门，至殿前奏曰：『殷成秀被姜文焕枭了首级，号令辕门，请旨定夺。』纣王闻言，惊魂不定，忙问左右：『事已急矣，如之奈何？』左右又报：『周兵四门攻打，各架云梯、火炮，围城甚急，十分难支，望陛下早定守城之策！』纣王未及开言，旁有鲁仁杰出班奏曰：『臣亲自上城，设法防守，保护城池，且救燃眉，再作商议。』纣王许之。鲁仁杰出朝，上城守御。不表。且说子牙见守城有法，一时难下，随鸣金收兵回营。子牙与众将商议曰：『鲁仁杰乃忠烈之士，尽心守城，急切难下，况京师城郭坚固，若以力攻，徒费心力，当以计取可也。』众门人齐曰：『我等各遁进城，里应外合，一举成功，又何必与他较胜负于城下耶？』子牙曰：『不然。今众人进城，未免有杀伤之苦，百姓岂堪遭此屠戮；况都城百姓，近在辇毂之下，被纣王残虐独甚，惨毒备尝；今再加之杀戮，非所以救民，实所以害民也。』众门人曰：『元帅之见甚是。』子牙曰：『今百姓被纣王敲骨剖胎，广施土木，负累百姓，痛入骨髓，恨不能食其肉而寝其皮，不若先写一告示射入城中，晓谕众人，使百姓自相离析，人心离乱，不日其城可得矣。』众将曰：『元帅之言乃万全之策。』子牙援笔作稿。后人有诗单道子牙妙计，诗曰：

告示传宣免甲戈，军民日夜受煎磨。
若非妙计离心旅，安得军民唱凯歌。

话说子牙作稿，命中军官写了告示数十章，四面射入城中，或射于城上，或射于房屋之上，或射于途路之中。军民人等拾得此告示，打开观看，只见告示上写得甚是明白。怎见得，只见书上写道：

扫荡成汤天保大元帅示谕朝歌万民知悉：天爱下民，笃生圣主，为民父母，所以保毓乾元，统御万国。岂意纣王荒淫不道，苦虐生灵，不修郊社，绝灭纪纲，杀忠拒谏，炮烙虿盆，淫刑惨恶，人神共怒。孰意纣王稔恶不悛，惨毒性成，敲骨剖胎，取童子贤命，言之痛心切骨！民命何辜，遭此荼毒！今某奉天讨罪，大会诸侯，伐此独夫，解万民

之倒悬，救群生之性命。况我周武王仁德素著，薄海通知；本欲进兵攻城，念尔等万姓久困水火之中，望拯如渴，恐一时城破，玉石俱焚，甚非我等吊民伐罪之意。尔等宜当体此，速献都城，庶免杀戮之虞，早解涂炭之苦。尔等当速议施行，毋贻后悔。特示。

话说众军民父老人等看罢，议曰：『周主仁德著于海内，姜元帅吊伐，诚为至公。吾等遭昏君凌虐，深入骨髓，若不献城，是逆民也。』满城哄然，真是民变难治。合城军民人等俱要如此。直等至三更时分，一声喊起，朝歌城四门大开，父老军民人等齐出，大呼曰：『吾等俱系军民百姓，愿献朝歌，迎迓真主！』喊声动地。且说子牙在寝帐中静坐，忽闻外面云板响，子牙忙令人探问，左右回报曰：『军民人等已献朝歌，请元帅定夺。』子牙大喜，忙传令众将：『各门止许进兵五万，其余俱在城外驻扎，不可入城搅扰。如入城者，不可妄行杀戮，擅取民间物用；违者定按军法枭首！』子牙令人马夜进朝歌，俱按辔而行，各依方位，立于东、南、西、北，虽然杀声大振，百姓安堵如故。子牙将兵马屯在午门，诸侯俱各依次序扎寨。

话说纣王在宫内，正与妲己饮宴。忽听得一片杀声振天，纣王大惊，忙问宫官曰：『是哪里喊杀之声？真惊破朕心也！』少时，宫官报入宫：『启陛下：朝歌军民人等已献了城池，天下诸侯之兵俱扎在午门了。』纣王忙整衣出殿，聚文武共议大事。纣王曰：『不意军民人等如此背逆，竟将朝歌献了，如之奈何？』鲁仁杰等齐曰：『都城已破，兵临禁地，其实难支。不若背城决一死战，雌雄尚在未定；不然，徒束手待毙，无用也。』纣王曰：『卿言正合

又见门人、众将，一对对侍立两旁，威风凛凛，气宇轩昂。

朕意。』纣王吩咐整点御林人马。不表。且言子牙在中军聚众诸侯商议曰：『今大兵进城，须当与纣王会兵一战，早定大事。列位贤侯并大小众将，汝其勖哉。』众诸侯齐声曰：『敢不竭股肱之力，以诛无道昏君耶！但凭元帅所委，虽死不辞。』子牙传令：『众将依次而不可紊乱。违者，按军法从事。』只见周营炮响，喊声大振，金鼓齐鸣，如地覆天翻之势。纣王在九间殿听得如此，忙问侍臣，只见午门官启奏：『天下诸侯请陛下答话。』纣王听罢，忙传旨意，自己结束甲胄，命排仪仗，率御林军，鲁仁杰为保驾，雷鹍、雷鹏为左右翼，纣王上逍遥马，拎金背刀，日月龙凤旗开，锵锵戈戟，整朝鸾驾，排出午门。只见周营内一声炮响，招展两杆大红旗，一对对排成队伍，循序而出，甚是整齐。纣王见子牙排五方队伍，甚是森严，兵戈整肃，左右分列，大小诸侯何止千数。又见门人、众将，一对对侍立两旁，威风凛凛，气宇轩昂。左右又列有二十四对穿大红的军政官，雁翅排开。正中央大红伞下，才是姜子牙，乘四不像而出。怎见得，有赞姜元帅一词，赞曰：

四八悟道，修身炼性。仙道难成，人间福庆。奉旨下山，辅相国政。窘迫八年，安于义命。擒怪有功，仕纣为令。妲己献谗，弃官习静。渭水持竿，磻溪隐性。八十时来，飞熊入梦。龙虎欣逢，西岐兆圣。先为相父，托孤事定。纣恶日盈，周德隆盛。三十六路，纷纷相竞。九三拜将，金台盟正。捧毂推轮，古今难并。会合诸侯，天人相应。东进五关，吉凶互订。三死七灾，缘期果证。夜进朝歌，君臣赌胜。灭纣成周，武功永咏。正是：六韬留下成王业，妙算玄机不可穷。出将入相千秋业，伐罪吊民万古功。运筹帷幄欺风后，燮理阴阳压老彭。亘古军师为第一，声名直并泰山隆。

话说纣王见子牙皓首苍颜，全装甲胄，手执宝剑，十分丰彩；又见东伯侯姜文焕、南伯侯鄂顺、北伯侯崇应鸾，当中乃武王姬发，四总督诸侯，俱张红罗伞，齐齐整整，立在子牙后面。子牙见纣王戴冲天凤翅盔，赭黄锁子甲，甚是勇猛。有赞纣王一词，赞曰：

冲天盔盘龙交结，兽吞头锁子连环。
滚龙袍猩猩血染，蓝鞓带紧束腰间。
打将鞭悬如铁塔，斩将剑光吐霞斑。
坐下马如同獬豸，金背刀闪灼心寒。
会诸侯旗开拱手，逢众将力战多般。

论膂力托梁换柱，讲辩难舌战群谈。
自古为君多孟浪，可怜总赖化凶顽。

话说子牙见纣王，忙欠身言曰：『陛下，老臣姜尚甲胄在身，不能全礼。』纣王曰：『尔是姜尚么？』姜子牙答曰：『然也。』纣王曰：『尔曾为朕臣，为何逃避西岐，纵恶反叛，累辱王师。今又会天下诸侯，犯朕关隘，恃凶逞强，不遵国法，大逆不道，孰甚于此。又擅杀天使，罪在不赦！今朕亲临阵前，尚不倒戈悔过，犹自抗拒不理，情殊可恨！朕今日不杀你这贼臣，誓不回兵！』子牙答曰：『陛下居天子之尊，诸侯守拒四方，万姓供其力役，锦衣玉食，贡山航海，何莫非陛下之所有也。古云：「率土之滨，莫非王臣。」谁敢与陛下抗礼哉。今陛下不敬上天，肆行不道，残虐百姓，杀戮大臣，惟妇言是用，淫酗沉湎，臣下化之，朋家作仇，陛下无君道久矣。其诸侯、臣民，又安得以君道待陛下也？陛下之恶，贯盈宇宙，天愁民怨，天下叛之。吾今奉天明命，行天之罚，陛下幸毋以臣叛君自居也。』纣王曰：『朕有何罪，称为大恶？』子牙曰：『天下诸侯，静听吾道纣王大恶素表著于天下者。……』众诸侯听得，齐上前，听子牙道纣王十大罪。子牙曰：

『陛下身为天子，继天立极，亶聪明，作元后，元后作民父母；今陛下沉湎酒色，弗敬上天，谓宗庙不足祀，社稷不足守，动曰：「我有民，有命。」远君子，亲小人，败伦丧德，极古今未有之恶：罪之一也。

皇后为万国母仪，未闻有失德；陛下乃听信妲己之谗言，断恩绝爱，剜剔其目，炮烙其手，致皇后死于非命，废

元配而妄立妖妃，纵淫败度，大坏彝伦：罪之二也。

太子为国之储贰，承祧宗社，乃万民所仰望者也；轻信谗言，命晁雷、晁田封赐尚方，立刻赐死；轻弃国本，不顾嗣胤，忘祖绝宗，得罪宗社：罪之三也。

黄耇大臣，乃国之枝干；陛下乃播弃荼毒之，炮烙杀戮之，囚奴幽辱之，如杜元铣、梅伯、商容、胶鬲、微子、箕子、比干是也。诸君子不过去君之非，引君于道，而遭此惨毒，废股肱而昵比罪人，君臣之道绝矣：罪之四也。

信者人之大本，又为天子号召四方者也，不得以一字增损；今陛下听妲己之阴谋，宵小之奸计，诳诈诸侯入朝，将东伯侯姜桓楚、南伯侯鄂崇禹，不分皂白，一碎醢其尸，一身首异处，失信于天下诸侯，四维不张：罪之五也。

法者非一己之私，刑者乃持平之用，未有过用之者也；今陛下悉听妲己惨恶之言，造炮烙，阻忠谏之口，设虿盆，吞宫人之肉，冤魂啼号于白昼，毒焰障蔽于青天，天地伤心，人神共愤：罪之六也。

天地之生献身有数，岂得妄用奢靡，穷财之力，拥为己有，竭民之生？今陛下惟污池台榭是崇，酒池肉林是用，残宫人之命，造鹿台广施土木，积天下之财，穷民物之力，又纵崇侯虎剥削贫民，有钱者三丁免抽，无钱者独丁赴役，民生日促，偷薄成风，皆陛下贪剥有以倡之：罪之七也。

廉耻者乃风顽惩钝之防，况人君为万民之主者；今陛下信妲己狐媚之言，诓贾氏上摘星楼，君欺臣妻，致贞妇死节，西宫黄贵妃直谏，反遭摔下摘星楼，死于非命，三纲已绝，廉耻全无：罪之八也。

举措乃人君之大体，岂得妄自施张？今陛下以玩赏之娱，残虐生命，斫朝涉者之胫，验民生之老少，刳剔孕妇之胎，试反背之阴阳，民庶何辜，遭此荼毒！罪之九也。

人君之宴乐有常，未闻流连忘反。今陛下夤夜暗纳妖妇喜媚，共妲己在鹿台昼夜宣淫，酗酒肆乐，信妲己以童男割炙肾命，以作羹汤，绝万姓之嗣脉，残忍惨毒，极今古之冤：罪之十也。

臣虽能言之，陛下决不肯悔过迁善，肆行荼毒，累军民于万死，暴白骨于青天，独不思臣民生斯世者，竟遭陛下无辜之杀戮耶！今臣尚特奉天之明命，襄周王发恭行天之罚，陛下毋得以臣逆君而少之也。』

纣王听姜子牙暴其十罪，只气得目瞪口呆。只见八百诸侯听罢，齐呐一声喊：『愿诛此无道昏君！』众人方欲上前，有东伯侯姜文焕大呼曰：『殷受不得回马！吾来也！』纣王见一员大将，金甲，红袍，白马，大刀，怎见得，有赞为证，赞曰：

顶上盔，朱缨灿；龟背甲，金光烂。大红袍上绣团龙，护心宝镜光华现。腰间宝带扣丝蛮，鞍旁箭插如云雁。打将鞭，吴钩剑，杀人如草心无间。马上横提斩将刀，坐下龙驹追紫电。铜心铁胆东伯侯，保周灭纣姜文焕。

话说东伯侯走马至军前，大喝曰：『吾父王姜桓楚被你醢尸，吾姐姐姜后被你剜目烙手，俱死于非命。今日借武王仁义之师，仗姜元帅之力，诛此无道，以泄我无穷之恨！』只见南伯侯青骔马冲出，厉声大叫：『无道昏君！杀父之仇，不共戴天，姜皇兄，留功与我鄂顺！』马至军前，叱曰：『你行无道，吾父王未曾犯罪，无故而诛大臣，情理难容也！』把手中枪一晃，劈胸就刺。纣王手中刀劈面交还。姜文焕手中刀使开，冲杀过来，二侯与纣王战在午门。

怎见得，有诗为证，诗曰：

龙虎相争起战场，三军擂鼓列刀枪。
红旗招展如赤焰，素带飘飘似雪霜。
纣王江山风烛短，周家福祚海天长。
从今一战雌雄定，留得声名万古扬。

北伯侯崇应鸾见东、南二侯大战纣王，也把马摧开，来助二侯。纣王又见来了一路诸侯，抖擞神威，力战三路诸侯，一口刀抵住他三般兵器，只杀得天昏地暗，旭日无光。武王在逍遥马上叹曰：『只因天子无道，致使天下诸侯会集于此，不分君臣，互相争战，冠履倒置，成何体统！真是天翻地覆之时！』忙将逍遥马催上前，与子牙曰：『三侯还该善化天子，如何与天子抗礼，甚无君臣体面。』子牙曰：『方才大王听老臣言纣王十罪，乃获罪于天地人神者，天下之人，皆可讨之，此正是奉天命而灭无道，老臣岂敢有违天命耶！』武王曰：『当今虽是失政，吾等莫非臣子，岂有君臣相对敌之理！』。元帅可解此危。』子牙曰：『大王既有此意，传令命军士擂鼓。』子牙传令：『擂鼓！』天下诸侯听的鼓响，左右有三十五骑纷纷杀出，把纣王围在垓心。不知纣王性命如何，且听下回分解。

第九十六回　子牙发柬擒妲己

诗曰：

从来巧笑号倾城，狐媚君王浪用情。
褭娜腰肢催命剑，轻盈体态引魂兵。
雉鸡有意能歌月，玉石无心解鼓声。
断送殷汤成个事，依然都带血痕薨。

话说武王是仁德之君，一时哪里想起『鼓进金止』之意？只见众将听的鼓响，各要争先，枪刀剑戟，鞭锏抓锤，钩镰钺斧，拐子流星，一齐上前，将纣王裹在垓心。鲁仁杰对雷鹍、雷鹏曰：『「主忧臣辱」，吾等正于此时尽忠报国，舍一死以决雌雄，岂得令反臣扬威逞武哉！』雷鹍曰：『兄言是也。吾等当舍死以报先帝。』三将纵马杀进重围。怎见得纣王大战天下诸侯，有赞为证，赞曰：

杀气迷空锁地，烟尘障岭漫山。摆列诸侯八百，一时地覆天翻。花腔鼓擂如雷震，御林军展动旗旛。众门人犹如猛虎，殷纣王渐渐摧残。这也是天下遭逢杀运，午门外撼动天关。众诸侯各分方位，满空中剑戟如攒。东伯侯姜文焕施威仗勇；南伯侯鄂顺抖擞如彪。北伯侯崇应鸾横施雪刃；武王下南宫适似猛虎争餐。正东上青幡下，众诸侯犹如靛染；正西上白幡下，骁勇将恍若冰岩。正南上红旛下，众门徒浑如火块；正北上皂旛下，牙门将恰似乌漫。这纣王神威天纵；鲁仁杰一点心丹。雷鹍右遮左架；雷鹏左护右拦。众诸侯齐动手那分上下？殷纣王共三员将前后胡戡。顶上砍，这兵器似飕飕冰块；胁下刺，那枪剑如蟒龙齐翻。只听得叮叮当当响亮，乒乒乓乓循环。鞭来打，锏来敲，斧来劈，剑来剁，左左右右吸人魂；勾开鞭，拨去锏，逼去斧，架开剑，上上下下心惊颤。正是那纣王力如三春茂草，越战越有精神；众诸侯怒发，恍似轰雷，喊杀声闻斗柄。纣王初时节精神足备，次后来气力难撑。为社稷何必贪生，好功名焉能惜命！存亡只在今朝，死生就此目下。殷纣王毕竟勇猛，众诸侯终欠调停。喝声：『着！』将官落马；叫声：『中！』翻下鞍鞒。纣王刀摆似飞龙，砍将伤军如雪片，劈诸侯如同儿戏，斩大将鬼哭神惊。当此时恼了哪吒殿下，那杨戬怒气冲冲，大喝道：『纣王不要逃走！等我来与你见个雌雄！』可怜见：惊天动地哭声悲，嚎山泣岭三军泪。英雄为国尽亡躯，血水滔滔红满地。马撞人死口难开，将劈三军无躲避。只杀的：哀声小校乱奔驰，破鼓折枪都抛弃。多少良才带血回，无数军兵拖伤去。纣王胆战将心惊，雷鹍、雷鹏无主意。这是：君王无道丧家邦，谋臣枉用千条计。这一阵只杀得：雪消春水世无双，风卷残红铺满地。

话说纣王被众诸侯围在垓心，全然不惧，使发了手中刀，一声响，将南伯侯一刀挥于马下。鲁仁杰枪挑林善。恼了哪吒，登开风火轮，大喝曰：『不得猖獗，吾来也！』旁有杨戬、雷震子、韦护、金木二吒一齐大叫曰：『今日大会天下诸侯，难道我等不如他们！』齐杀至重围。杨戬刀劈了雷鹍；哪吒祭起乾坤圈，

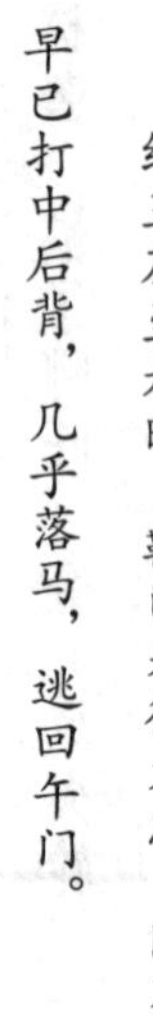

纣王及至看时，鞭已来得太急，闪不及，早已打中后背，几乎落马，逃回午门。

把鲁仁杰打下鞍鞒，丧了性命。雷震子一棍结果雷鹏。东伯侯姜文焕见哪吒众人立功，将刀放下，取鞭在手，照纣王打来。纣王及至看时，鞭已来得太急，闪不及，早已打中后背，几乎落马，逃回午门。众诸侯呐一声喊，齐追至午门。只见午门紧闭，众诸侯方回。子牙鸣金收兵，升帐坐下。众诸侯来见子牙。子牙查点大小将官，损了二十六员。又见南伯侯鄂顺被纣王所害，姜文焕等着实伤悼。武王对众诸侯曰：『今日这场恶战，大失君臣名分，姜君侯又伤主上一鞭，使孤心下甚是不忍。』姜文焕曰：『大王言之差矣！纣王残虐，人神共怒，便杀之于市曹，犹不足以尽其辜，大王又何必为彼惜哉！』

话说纣王被姜文焕一鞭打伤后背，败回午门，至九间殿坐下，低头不言，自己沉吟叹曰：『悔不听忠谏之言，果有今日之辱！可惜鲁仁杰、雷鹍兄弟皆遭此难！』旁有中大夫飞廉、恶来奏曰：『今陛下神威天纵，虽于千万人之中，犹能刀劈数名反臣。只是误被姜文焕鞭伤陛

下龙体，只须保养数日，再来会战，必定胜其反叛也。古云：「吉人天相」、「胜负乃兵家之常」，陛下又何须过虑？』纣王曰：『忠良已尽，文武萧条；朕已着伤，何能再举，又有何颜与彼争衡哉？』随卸甲胄入内宫，不表。

且说飞廉谓恶来曰：『兵困午门，内无应兵，外无救援，眼见旦夕必休，吾辈何以处之？倘或兵进皇城，「荆山失火，玉石俱焚」，可惜百万家资，竟被他人所有！』恶来笑曰：『长兄此言竟不知时务！凡为丈夫者，当见机而作。眼见纣王做不得事业，退不得天下诸侯，亡在旦夕。我和你乘机弃纣归周，原不失了自己富贵。况武王仁德，姜子牙英明，他见我等归周，必不加罪。如此方是上着。』飞廉曰：『贤弟此言使我如梦中唤醒。只是还有一件，以我愚意，俟他攻破皇城之日，我和你入内庭，将传国符玺盗出，藏隐于家，待诸侯议定，吾想继汤者必周，等武王入内庭，吾等方去朝见，献此国玺玉符。武王必定以我们系忠心为国，欣然不疑，必加以爵禄。此不是一举两得？』恶来又曰：『即后世必以我等为知机，而不失「良禽择木，贤臣择主」之智。』二人言罢大笑，自谓得计。

正是：

痴心妄想居周室，斩首周岐谢将台。

话说飞廉与恶来共议弃纣归周，不表。

且说纣王入内宫，有妲己、胡喜媚、王贵人三个前来接驾。纣王一见三人，不觉心头酸楚，语言悲咽，对妲己曰：『朕每以姬发、姜尚小视，不曾着心料理，岂知彼纠合天下诸侯，会兵于此。今日朕亲与姜尚会兵，

势孤莫敌，虽然斩了他数员反臣，到被姜文焕这厮鞭伤后背，致鲁仁杰阵亡，雷鹍兄弟死节。朕静坐自思，料此不能久守，亡在旦夕。想成汤传位二十八世，今一旦有失，朕将何面目见先帝于在天也！朕已追悔无及，只三位美人与朕久处，一旦分离，朕心不忍，为之奈何？倘武王兵入内庭，朕岂肯为彼所掳，朕当先期自尽。但朕绝之后，卿等必归姬发。只朕与卿等一番恩爱，竟如此结局，言之痛心！』道罢，泪如雨下。三妖闻纣王之言，齐齐跪下，泣对纣王曰：『妾等蒙陛下眷爱，镂心刻骨，没世难忘。今不幸遭此离乱，陛下欲舍妾身何往？』纣王泣曰：『朕恐被姜尚所掳，有辱我万乘之尊。朕今别你三人，自有去向。』妲己俯伏纣王膝上，泣曰：『妾听陛下之言，心如刀割。陛下何遽忍舍妾等而他往耶？』随扯住纣王袍服，泪流满面，柔声娇语，哭在一处，甚难割舍。纣王亦无可奈何，遂命左右治酒，与三美人共饮作别。纣王把盏，作诗一首，歌之以劝酒，诗曰：

忆昔歌舞在鹿台，孰知姜尚会兵来。
分飞鸾凤惟今日，再会鸳鸯已隔垓。
烈士尽随烟焰灭，贤臣方际运弘开。
一杯别酒心如醉，醒后沧桑变几回。

话说纣王作诗毕，遂连饮数杯。妲己又奉一盏为寿。纣王曰：『此酒甚是难饮，真所谓不能下咽者也！』妲己

曰：『陛下且省愁烦。妾身生长将门，昔日曾学刀马，颇能厮杀。况妹妹喜媚与王贵人善知道术，皆通战法。陛下放心，今晚看妾等三人一阵成功，解陛下之忧闷耳。』纣王闻言大悦：『若是御妻果能破贼，真百世之功。朕有何忧也！』妲己又奉纣王数杯，乃与喜媚、王贵人结束停当，议定今晚去劫周营。纣王见三人甲胄整齐，心中大喜，只看今晚成功。不表。

且说子牙在营中筹算：『甲子届期，纣王当灭。』心中大喜，不曾着意，就未曾提防三妖来劫营，故此几乎失利。只见将至二更，只听得半空中风响。怎见得，有赋为证，赋曰：

冷冷飕飕，惊人清况。飒飒萧萧，沙扬尘障。透壁穿窗，寻波逐浪。聚怪藏妖，兴魔伏魍。也会去助虎张威，也会去从龙俯仰。起初时，都是些悠悠荡荡淅零声；次后来，却尽是滂滂湃湃呼吼响。且休言推残月里娑罗；尽道是刮倒人间丛莽。推开了积雾重云，吹折了兰桡画桨。苍松翠竹尽遭殃，朱阁丹楼俱扫荡。这一阵风只吹得鬼哭与神惊，八百诸侯俱胆丧。

话说妲己与胡喜媚等三人俱全装甲胄，甚是停当。妲己用双刀，胡喜媚用两口宝剑，王贵人用一口绣鸾刀，俱乘桃花马，发一声响，杀入周营。各驾妖风，播土扬尘，飞砂走石，冲进周营内来。只见周营中军士，咫尺间不分南北，那辨东西，守营小校尽奔驰，巡逻将士皆束手。真个是：层围木栅撞得东倒西歪，铁骑连车冲得七横八竖。惊动了大小众将，急报子牙。子牙忙起身出帐观看，只见一派妖风怪雾，滚将进来。

子牙忙传令：『命众门人齐去，将妖怪获来！』哪吒听得，急蹬风火轮，摇火尖枪；杨戬纵马，使三尖刀；雷震子使黄金棍；韦护用降魔杵；李靖摇方天戟；金、木二吒用四口宝剑，齐杀出中军帐来，迎敌三妖。只见三妖全身甲胄，横冲直撞左右厮杀。杨戬大呼曰：『好业障！不要猖獗，敢来此自送死也！』哪吒登轮，奋勇当先；七位门人将三妖围在垓心。子牙在中军用五雷正法镇压邪气，把手一放，半空中一声霹雳，只震得三妖胆颤心寒。三妖见来的势头不好，俱是些道术之士，料难取胜，不敢恋战，借一阵怪风，连人带马冲出周营，往午门逃回。三妖自二更入周营，只至四更方才逃回，也伤了些士卒。不表。且说纣王在午门外看三妃今夜劫营成功，洗目以待。忽见三妃来至，纣王问曰：『三卿劫营，胜负如何？』妲己曰：『姜子牙俱有准备，故此不能成功，几乎被他众门人困于垓心，险不能见陛下也。』纣王闻言大惊，低首不言。进了午门，上了大殿，纣王不觉泪下曰：『不期天意丧吾，莫可救解。』妲己亦泣曰：『妾身指望今日成功，平定反臣而安社稷，不料天心不顺，力不能支，如之奈何！』纣王曰：『朕已知天意难回，非人力可解，从今与你三人一别，各自投生，免使彼此牵绊。』把袍袖一摆，径往摘星楼去了。三妖也强留不住。后人有诗叹之，诗曰：

大厦将倾止一茎，尚思劫寨破周兵。

孰知天意归真主，犹向三妖诉别情。

话说三妖见纣王自往摘星楼去了，妲己谓二妖曰：『今日纣王此去，必寻自尽，只我等数年来把成汤一个天下送得干干净净，如今我们却往哪里去好？』九头雉鸡精曰：『我等只好迷惑纣王，其他皆不听也。此时无处可栖，不若还归轩辕坟去，依然自家巢穴，尚可安身，再为之计。』玉石琵琶精曰：『姐姐之言甚善。』三妖共议还归旧巢。不表。

且说子牙被三妖劫营，杀至营前，三妖逃遁。子牙收军，升帐坐下。众诸侯上帐参谒。子牙曰：『一时未曾防此妖孽，被他劫营，幸得众门人俱是道术之士，不然几为所算，失了锐气。今若不早除，后必为患。』子牙言罢，命排香案。左右闻命，即将香案施设停当。子牙祷毕，将金钱排下，乃大惊曰：『原来如此！若再迟延，几被三妖逃去。』忙传令，命：『杨戬领柬贴，你去把九头雉鸡精拿来。如走了，定按军法！』杨戬领令去了。子牙又令：『雷震子领柬贴，你去把九尾狐狸精拿来。如若有失，定依军法！』又令：『韦护领柬贴，你去将玉石琵琶精拿来。如违令，定按军法！』三个门人领令，出了辕门，议曰：『我三人去拿此三妖，不知从何处下手？哪里去寻他？』杨戬道：『三妖此时料纣王已不济事了，必竟从宫中逃出。吾等借土遁，站在空中等候，看他从何处逃走。吾等务要小心擒获，不得卤莽，恐有疏虞不便。』雷震子曰：『杨师兄言之有理。』道罢，各驾土遁，往空中等候三妖来至。有诗赞之，诗曰：

一道光华隐法身，修成幻化合天真。

驱龙伏虎生来妙，今日三妖怎脱神？

话说妲己与胡喜媚、王贵人在宫中还吃了几个宫人，方才起身。一阵风响，三妖起在空中，往前要走，只见杨戬看见风响，随与雷震子、韦护曰：『孽怪来也！各要小心！』杨戬拎宝剑大呼曰：『怪物休走！吾来也！』九头雉鸡精见杨戬仗剑赶来，举手中剑骂道：『我们姊妹断送了成汤天下，与你们的功名，你反来害我等，何无天理也！』杨戬大怒曰：『业畜休得多言，早早受缚！吾奉姜元帅将令，特来擒你。不要走，吃吾一剑！』雉鸡精举剑来迎。雷震子黄金棍打来，早有九尾狐狸精双刀架住。韦护降魔杵打来，玉石琵琶精用绣鸾刀敌住。三妖与杨戬等三人战，未及三五回合，三妖架妖光逃走；杨戬与雷震子、韦护惟恐有失，紧紧赶来。怎见得，有赞为证，赞曰：

妖光荡荡，冷气飕飕。妖光荡荡，旭日无光；冷气飕飕，乾坤黑暗。黄河漠漠怪尘飞，黑雾漫漫妖气惨。雉鸡精、狐狸精、琵琶精往前逃，似电光飞闪；雷震子与杨戬并韦护紧追随，如骤雨狂风。三妖要命，恍如弩箭离弦，那顾东西南北；三圣争功，恰似叶落随风，岂知流行坎止。雷震性起，追得狐狸有穴难寻；杨戬心忙，赶得雉鸡上天无路。琵琶性巧欲腾挪；韦护英明驱压定。这也是三妖作过罪业多，故遇着三圣玄功能取命。

话说杨戬追赶九头雉鸡精，往前多时，看看赶上，杨戬取出哮天犬祭在空中。那犬乃仙犬修成灵性，见妖精舞爪张牙，赶上前一口，将雉鸡头咬吊了一个。那妖精也顾不得疼痛，带血逃灾。杨戬见犬伤了他一头，依旧走了，心下着忙，急驾土遁紧追。雷震子赶狐狸，韦护追琵琶精，紧紧不舍。只见前面两首黄幡，空中飘荡，香烟霭霭，遍地氤氲。不知是谁来了，且听下回分解。

第九十七回　摘星楼纣王自焚

诗曰：

纣王暴虐害黔黎，国事纷纷日夜迷。
浪饮不知民血尽，荒淫哪顾鬼神凄？
虿盆宫女真残贼，焚炙忠良类虎貔。
报应昭昭须不爽，旗悬太白古今题。

话说杨戬正赶雉鸡精，见前面黄幡隐隐，宝盖飘扬，有数对女童分于左右，当中一位娘娘，跨青鸾而来，乃是女娲娘娘驾至。怎见得，有诗为证：

一天瑞彩紫霞浮，香霭氤氲拥凤辀。
展翅鸾凰皆雅驯，飘飖童女自优游。
幡幢缭绕迎华盖，璎珞飞扬罩冕旒。
止为昌期逢泰运，故教仙圣至中州。

话说女娲娘娘跨青鸾而来，阻住三个妖怪之路。三妖不敢前进，按落妖光，俯伏在地，口称：『娘娘圣驾降临，小畜有失回避，望娘娘恕罪。小畜今被杨戬等追赶甚迫，求娘娘救命。』女娲娘娘听罢，吩咐碧云童儿：『将缚妖索

把这三个业障锁了，交与杨戬，解往周营，与子牙发落。』童儿领命，将三妖缚定。三妖泣而告曰：『启娘娘得知：昔日是娘娘用招妖幡招小妖去朝歌，潜入宫禁，迷惑纣王，使他不行正道，断送他的天下。小畜奉命，百事逢迎，去其左右，令彼将天下断送。今已垂亡，正欲覆娘娘钧旨，不期被杨戬等追袭，路遇娘娘圣驾，尚望娘娘救护，娘娘反将小畜缚去，见姜子牙发落，不是娘娘「出乎反乎」了？望娘娘上裁！』女娲娘娘曰：『吾使你断送殷受天下，原是合上天气数；岂意你无端造业，残贼生灵，屠毒忠烈，惨恶异常，大拂上天好生之仁。今日你罪恶贯盈，理宜正法。』三妖俯伏，不敢声言。只见杨戬同雷震子、韦护正望前追赶三妖，杨戬望见祥光，忙对雷震子、韦护曰：『此位是女娲娘娘大驾降临，快上前参谒。』雷震子听罢，三人向前，倒身下拜。杨戬等曰：『弟子不知圣驾降临，有失迎迓，望娘娘恕罪。』女娲娘娘曰：『杨戬，我与你将此三妖拿在此间，你可带往行营，与姜子牙正法施行。今日周室重兴，又是太平天下也。你三人去罢。』杨戬等感谢娘娘，叩首而退，将妖解往周营。后人有诗叹之：

三妖造恶万民殃，断送殷商至丧亡。

今日难逃天鉴报，轩辕巢穴枉思量。

话说杨戬等将三妖摔下云端，三人随收土遁，来至辕门。那众军士见半空中吊下三个女人，后随着杨戬等三人，军士忙报入中军：『启元帅：杨戬等令。』子牙传令：『令来。』杨戬上帐见子牙，子牙曰：『你拿的妖怪如何？』杨戬曰：『奉元帅将令，赶三妖于中途，幸逢女娲娘娘大发仁慈，赐缚妖绳，将三妖捉至辕门，请令施行。』子牙传令：

少时，杨戬解九头雉鸡精，雷震子解九尾狐狸精，韦护解玉石琵琶精同至帐下。

『解进来。』帐下左右诸侯俱来观看怎样个妖精。少时，杨戬解九头雉鸡精，雷震子解九尾狐狸精，韦护解玉石琵琶精同至帐下。三妖跪于帐前。子牙曰：『你这三个业障，无端造恶，残害生灵，食人无厌，将成汤天下送得干干净净；虽然是天数，你岂可纵欲杀人，唆纣王造炮烙，惨杀忠谏，治虿盆荼毒宫人，造鹿台聚天下之财，为酒池、肉林，内官丧命，甚至敲骨看髓，剖腹验胎；此等惨恶，罪不容诛，天地人神共怒，虽食肉寝皮，不足以尽厥辜！』妲己俯伏哀泣告曰：『妾身系冀州侯苏护之女，幼长深闺，鲜知世务，谬蒙天子宣诏，选择为妃。不意国母薨逝，天子强立为后。凡一应主持，皆操之于天子，政事俱掌握于大臣。妾不过一女流，惟知洒扫应对，整饰宫闱，侍奉巾栉而已；其他妾安能以自专也？纣王失政，虽文武百官不啻千百，皆不能厘正，又何况区区一女子能动其听也？今元帅德播天下，仁溢四方，纣王不日授首，纵杀妾一女流，亦无补于元帅。况古语云：「罪人不孥。」恳祈元帅大开慈隐，怜妾身之无辜，赦归故国，得全残年，真元帅天地之仁，再生之德也，望元帅裁之！』众诸侯

听妲己一派言语，大是有理，皆有怜惜之心。子牙笑曰：『你说你是苏侯之女，将此一番巧言，迷惑众听，众诸侯岂知你是九尾狐狸在恩州驿迷死苏妲己，借窍成形，惑乱天子？其无端毒恶，皆是你造业。今已被擒，死且不足以尽其罪，尚假此巧语花言，希图漏网！』命左右：『推出辕门，斩首号令！』妲己等三妖低头无语。左右旗牌官簇拥出来，后有雷震子、杨戬、韦护监斩。只见三妖推至法场，雉鸡精垂头丧气，琵琶精默默无言，惟有这狐狸精乃是妲己，他就有许多娇痴，又连累了几个军士。话说那妲己绑缚在辕门外，跪在尘埃，恍然似一块美玉无瑕，娇花欲语，脸衬朝霞，唇含碎玉，绿蓬松云鬓，娇滴滴朱颜，转秋波无限钟情，顿歌喉百般妩媚，乃对那持刀军士曰：『妾身系无辜受屈，望将军少缓须臾，胜造浮屠七级！』那军士见妲己美貌，已自有十分怜惜，再加他娇滴滴的叫了几声将军长，将军短，便把这几个军士叫得骨软筋酥，口呆目瞪，软痴痴瘫作一堆，麻酥酥痒成一块，莫能动履。只见行刑令下：『杨戬监斩九头雉鸡精；韦护监斩玉石琵琶精；雷震子监斩狐狸精。』三人见行刑令下，喝令：『军士动手！』杨戬镇压住雉鸡精；韦护镇压住琵琶精，一声呐喊，军士动手，将两个妖精斩了首级。有一首诗单道琵琶精终不免一刀之厄，诗曰：

忆昔当年遇子牙，砚台击顶炼琵琶。
谁知三九重逢日，万死无生空自嗟。

话说三军动手，已将雉鸡精、琵琶精斩了首级，杨戬与韦护上帐报功。只有雷震子监斩狐狸精，众军士被妲己迷惑，皆目瞪口呆，手软不能举刃。雷震子发怒，喝令军士，只见个个如此，雷震子急得没奈何，只得来中军帐报知，

子牙喝退众士卒，命左右排香案，焚香炉内，取出陆压所赐葫芦，放于案上，揭去顶盖，只见一道白光上升，现出一物，有眉，有眼，有翅，有足，在白光上旋转。

请定夺。子牙见杨戬、韦护报功，令：『拿出辕门号令。』惟有雷震子赤手来见。子牙问曰：『你监斩妲己，如何空身来见我？莫非这狐狸走了？』雷震子曰：『弟子奉令监斩妲己，孰意众军士被这妖狐迷惑，皆目瞪口呆，莫能动履。』子牙怒曰：『监斩无能，要你何用！』一声喝退。雷震子羞惭满面，站立一旁。子牙命：『将行刑军士拿下，斩首示众。』复命杨戬、韦护监斩。二人领命，另换了军士，再至辕门。只见那妖妇依旧如前，一样软款，又把这些军士弄得东倒西歪，如痴如醉。杨戬与韦护看见这等光景，二人商议曰：『这毕竟是个多年狐狸，极善迷惑人，所以纣王被他缠缚得迷而忘返，又何况这些愚人哉！我与你快去禀明元帅，无令这些无辜军士死于非命也。』杨戬道罢，二人齐至中军帐来，对子牙『……如此如彼』说了一遍。众诸侯俱各惊异。子牙对众人曰：『此怪乃千年老狐，受日精月华，偷采天地灵气，故此善能迷惑人，待吾自出营去，斩此恶怪。』子牙道罢先行，众诸侯随后，子牙同众诸侯门弟子出得辕门，见妲己绑缚在法场，果然千娇百媚，似玉如

花，众军士如木雕泥塑。子牙喝退众士卒，命左右排香案，焚香炉内，取出陆压所赐葫芦，放于案上，揭去顶盖，只见一道白光上升，现出一物，有眉，有眼，有翅，有足，在白光上旋转。子牙打一躬：『请宝贝转身！』那宝贝连转两三转，只见妲己头落在尘埃，血溅满地。诸侯中尚有怜惜之者。有诗为证，诗曰：

妲己妖娆起众怜，临刑军士也情牵。
桃花难写温柔态，芍药堪方窈窕妍。
忆昔恩州能借窍，应知内阙善周旋。
从来娇媚归何处，化作南柯带血眠。

话说子牙斩了妲己将首级号令辕门。众诸侯等无不叹赏。

且说纣王在显庆殿恹恹独坐，有宫人左右纷纷如蚁，慌慌乱窜，纣王问曰：『尔等为何这样急遽？想是皇城破了么？』旁一内臣跪下，泣而奏曰：『三位娘娘，夜来二更时分不知何往，因此六宫无主，故此着忙。』纣王听罢，忙叫内臣快快查：『往哪里去了！速速来报！』有常侍打听，少时来报：『启陛下：三位娘娘首级已号令于周营辕门。』纣王大惊，忙随左右宦官，急上五凤楼观看，果是三后之首。纣王看罢，不觉心酸，泪如雨下，乃作诗一首以吊之，诗曰：

玉碎香消实可怜，娇容云鬓尽高悬。
奇歌妙舞今何在，覆雨翻云竟枉然。

封宫官朱升闻纣王呼唤，慌忙上摘星楼来，俯伏栏边，口称：『陛下，奴婢听旨。』

凤枕已无藏玉日，鸳衾难再拂花眠。
悠悠此恨情无极，日落沧桑又万年。

话说纣王吟罢诗，自嗟自叹，不胜伤感。只见周营中一声炮响，三军呐喊，齐欲攻城。纣王看见，不觉大惊，知大势已去，非人力可挽，点头数点，长吁一声，竟下五凤楼，过九间殿，至显庆殿，过分宫楼，将至摘星楼来，忽然一阵旋窝风，就地滚来，将纣王罩住。怎见得怪风一阵，透胆生寒，有诗为证，诗曰：

萧萧飒飒摄离魂，透骨浸肌气若吞。
撮起沉冤悲往事，追随枉死泣新猿。
催花须借吹嘘力，助雨敲残次第先。
止为纣王惨毒甚，故教屈鬼诉辜恩。

话说纣王方行至摘星楼，只见一阵怪风，就地裹将上来，那虿盆内咽咽哽哽，悲悲泣泣，无限蓬头披发、赤身裸体之鬼，血腥臭恶，秽不可闻，齐上前来，扯住纣王大呼曰：『还吾命来！』又见赵启、梅伯赤身大叫：

『昏君！你一般也有今日败亡之时！』纣王忽的把二目一睁，阳气冲出，将阴魂扑散。那些屈魂怨鬼隐然而退。纣王把袍袖一抖，上了头一层楼，又见姜娘娘一把扯住纣王，大骂曰：『无道昏君，诛妻杀子，绝灭彝伦，今日你将社稷断送，将何面目见先王于泉壤也！』姜娘娘正扯住纣王不放，又见黄娘娘一身血污，腥气逼人，也上前扯住，大呼曰：『昏君摔我下楼，跌吾粉骨碎身，此心何忍！真残忍刻薄之徒！今日罪盈恶满，天地必诛！』纣王被两个冤魂缠得如痴似醉一般，又见贾夫人也上前大骂曰：『昏君受辛！你君欺臣妻，吾为守贞立节，坠楼而死，沉冤莫白。今日方能泄我恨也！』照纣王一掌劈面打来。纣王忽然一点真灵惊醒，把二目一睁，冲出阳神，那阴魂如何敢近？隐隐散了。纣王上了摘星楼，行至行九曲栏边，默默无语，神思不宁，扶栏而问：『封宫官何在？』封宫官朱升闻纣王呼唤，慌忙上摘星楼来，俯伏栏边，口称：『陛下，奴婢听旨。』纣王曰：『朕悔不听群臣之言，误被谗奸所惑，今兵连祸结，莫可救解，噬脐何及。朕思身为天子之尊，万一城破，为群小所获，辱莫甚焉。欲寻自尽，此身尚遗人间，犹为他人作念；不若自焚，反为干净，毋得令儿女子藉口也。你可取柴薪堆积楼下，朕当与此楼同焚。你当如朕命。』朱升听罢，披泪满面，泣而奏曰：『奴婢侍陛下多年，蒙豢养之恩，粉骨难报。不幸皇天不造我商，祸亡旦夕，奴婢恨不能以死报国，何敢举火焚君也！』言罢，呜咽不能成声。纣王曰：『此天亡我也，非干你罪。你不听朕命，反有忤逆之罪。昔日朕曾命费、尤向姬昌演数，言朕有自焚之厄；今日正是天定，人岂能逃，当听朕言！』后人有诗单叹纣王临焚念文王易数之验，有诗为证，诗曰：

昔日文王羑里囚，纣王无道困西侯。

费尤曾问先天数，烈焰飞烟锁玉楼。

话说朱升再三哭奏，劝纣王：『且自宽慰，另寻别策，以解此围。』纣王怒曰：『事已急矣！朕筹之已审。若诸侯攻破午门，杀入内庭，朕一被擒，汝之罪不啻泰山之重也！』朱升大哭下楼，去寻柴薪，堆积楼下。不表。且说纣王见朱升下楼，自服衮冕，手执碧圭，珮满身珠玉，端坐楼中。朱升将柴堆满，挥泪下拜毕，方敢举火，放声大哭。后人有诗为证，诗曰：

摘星楼下火初红，烟卷乌云四面风。
今日成汤倾社稷，朱升原是尽孤忠。

话说朱升举火，烧着楼下干柴，只见烟卷冲天，风狂火猛，六宫中宫人喊叫，霎时间乾坤昏暗，宇宙翻崩，鬼哭神号，帝王失位。朱升见摘星楼一派火着，甚是凶恶。朱升撩衣，痛哭数声，大叫：『陛下！奴辈以死报陛下也！』言罢，将身撺入火中。可怜朱升忠烈，身为宦竖，犹知死节。话说纣王在三层楼上，看楼下火起，烈焰冲天，不觉抚膺长叹曰：『悔不听忠谏之言，今日自焚，死故不足惜，有何面目见先王于泉壤也！』只见火趁风威，风乘火势，须臾间，四面通红，烟雾障天。怎见得，有赋为证，赋曰：

烟迷雾卷，金光灼灼掣天飞；焰吐云从，烈风呼呼如雨骤。排炕列炬，似煽如熘。须臾万物尽成灰，说甚么栋连霄汉；顷刻千里化红尘，哪管他雨聚云屯？五行之内最无情，二气之中为独盛。雕梁画栋，不知费几许工夫，遭着他

尽成齑粉，珠栏玉砌，不知用多少金钱，逢着你皆为瓦解。摘星楼下势如焚，六宫三殿延烧得柱倒墙崩，天子命丧在须臾；八妃九嫔牵连得头焦额烂，无辜宫女尽遭殃，作恶内臣皆在劫。这纣天子呵！抛却尘寰，讲不起贡衣航海，锦衣玉食，金瓯社稷，锦绣乾坤，都化作滔滔洪水向东流；脱离欲海，休夸那粉黛峨眉，温香暖玉，翠袖殷勤，清讴皓齿，尽赴于栩栩羽化随梦绕。这正是：从前余焰逞雄威，作过灾殃还自受。成汤事业化飞灰，周室江山方赤炽。

话说子牙在中军方与众诸侯议攻皇城，忽左右报进中军：『启元帅：摘星楼火起。』子牙忙领众将，同武王、东伯侯、北伯侯共天下诸侯，齐上马出了辕门看火。武王在马上观看，见烟迷一人，身穿赭黄衮服，头戴冕旒，手拱碧玉圭，端坐于烟雾之中，朦胧不甚明白。武王问左右曰：『那烟雾中乃是纣天子么？』众诸侯答曰：『此正是无道昏君。今日如此，正所谓「自作自受」耳。』武王闻言，掩面不忍看视，兜马回营。子牙忙上前启曰：『大王为何掩面而回？』武王曰：『纣王虽则无道，得罪于天地鬼神，今日自焚，适为业报；但你我皆为臣下，曾北面事之，何忍目睹其死，而蒙逼君之罪哉？不若回营为便。』子牙曰：『纣王作恶，残贼生民，天怒民怨，纵太白悬旗，亦不为过；今日自焚，正当其罪。但大王不忍，是大王之仁明忠爱之至意也。然犹有一说：昔成汤以至仁放桀于南巢，救民于水火，天下未尝少之；今大王会天下诸侯，奉天征讨，吊民伐罪，实于汤有光，大王幸毋介意。』众诸侯同武王回营。子牙督领众将门人看火，以便取城。只见那火越盛，看看卷上楼顶，那楼下的柱脚烧倒，只听得一声响，摘星楼塌倒，如天崩地裂之状，将纣王埋在火中，一霎时化为灰烬。一灵已入封神台去了。后人有诗叹之，诗曰：

放桀南巢忆昔时，深仁厚泽立根基。
谁知殷受多残虐，烈焰焚身悔已迟。

又有史官观史，有诗单道纣王失政云，诗曰：

女娲宫里祈甘霖，忽动携云握雨心。
岂为有情联好句，应知无道起商参。
妇言是用残黄耇，忠谏难听纵浪淫。
炮烙冤魂多屈死，古来惨恶独君深。

又诗叹纣王才兼文武，诗曰：

打虎雄威气更骁，千斤膂力冠群僚。
托梁换柱超今古，赤手擒飞过鸷雕。
拒谏空称才绝代，饰非枉道巧多饶。
只因三怪迷真性，赢得楼前血肉焦。

话说摘星楼焚了纣王，众诸侯俱在午门外驻扎。少时，午门开处，众宫人同侍卫将军、御林士卒酌水献花，焚香拜迎武王车驾，并诸侯入九间殿。姜子牙忙传令：『且救息宫中火。』不知后事如何，且听下回分解。

第九十八回　周武王鹿台散财

诗曰：

纣王聚敛吸民脂，不信当年放桀时。
积粟已无千载计，盈财岂有百年期。
须知世运逢真主，却笑贪淫有阿痴。
今日还归民社去，从来天意岂容私！

话说众诸侯俱上了九间殿，只见丹墀下大小将领、头目等众，跻跻跄跄，簇拥两旁。子牙传令：『军士先救灭宫中火焰。』武王对子牙曰：『纣王无道，残虐生灵，而六宫近在肘腋，其宫人、宦寺被害更惨，今军士救火，不无波及无辜；相父当首先严禁，毋令复遭陷害也。』子牙闻言，忙传令：『凡军士人等止许救火，毋得肆行暴虐，敢有违令妄取六宫中一物，妄杀一人者，斩首示众，决不姑惜！汝宜悉知。』只见众宫人、宦寺、侍卫、军官齐呼：『万岁！』武王在九间殿驻跸，与众诸侯看军士救火。武王猛抬头，看见殿东边有黄澄澄二十根大铜柱摆列在旁，武王问曰：『此铜柱乃是何物？』子牙曰：『此铜柱乃是纣王所造炮烙之刑。』武王曰：『善哉！不但临刑者甚惨，只今日孤观之，不觉心胆皆裂。纣天子可谓残忍之甚！』子牙引武王入后宫，至摘星楼下，见虿盆里面蛇蝎上下翻腾，白骨暴露，骷骸乱滚；又见酒池内阴风惨惨，肉林下冷露凄凄。武王问曰：『此是何故？』子牙曰：『此是纣王所制虿

盆，杀害宫人者；左右正是肉林、酒池。』武王曰：『伤哉！纣天子何无仁心一至此也！』不胜伤感，乃作诗以纪之，诗曰：

成汤祝网德声扬，放桀南巢正大纲。
六百年来风气薄，谁知惨恶丧疆场！

又伤炮烙之刑，作诗以纪之，诗曰：

苦陷忠良性独偏，肆行炮烙悦婵娟。
遗魂常傍黄金柱，楼下焚烧业报牵。

话说武王来至摘星楼，见余火尚存，烟焰未绝，烧得七狼八狈，也有无辜宫人遭在此劫，尚有余骸未尽，臭秽难闻。武王更觉心中不忍，忙吩咐军士：『快将这些遗骸检出去埋葬，无令暴露。』因谓子牙曰：『但不知纣王骸骨焚于何所？当另为检出，以礼安葬，不可使暴露于天地；你我为人臣者，此心何安！』子牙曰：『纣王无道，人神共愤，今日自焚，实所以报之也。今大王以礼葬之，诚大王之仁耳。』子牙吩咐军士：『检点遗骸，毋使混杂。须寻纣王骸骨，具衣衾棺椁，以天子之礼葬之。』后人有诗叹成汤王业如斯而尽：

天丧成汤业，敌兵尽倒戈。积山尸遍野，漂杵血流河。
尽去烦苛法，方兴时雨歌。太平今日定，衽席乐天和。

武王猛抬头，看见殿东边有黄澄澄二十根大铜柱摆列在旁，武王问曰：『此铜柱乃是何物？』

话说子牙令军士寻纣王遗骸，以礼安葬，不表。

且说众诸侯同武王往鹿台而来。上了台时，见阁耸云端，楼飞霄汉，亭台叠叠，殿宇巍峨，雕栏玉饰，梁栋金装；又只见明珠异宝，珊瑚玉树，厢嵌成琼宫瑶室，堆砌就绣阁兰房，不时起万道霞光，顷刻有千条瑞彩，真所谓目眩心摇，神飞魄乱。武王点首叹曰：『纣天子这等奢靡，竭天下之财以穷己欲，安有不亡身丧国者也！』子牙曰：『古今之所以丧亡者，未有不从奢侈而败，故圣王再三叮咛垂戒者，「宝已以德，毋宝珠玉」，良有以也。』武王曰：『如今纣王已灭，天下诸侯与闾阎百姓受纣王剥削之祸，荼毒之苦，征敛之烦，日坐水火之中，衽席不安，重足而立，今不若将鹿台聚积之货财，给散与诸侯、百姓，将巨桥聚敛之稻粟，赈济与饥民，使万民昭苏，享一日安康之福耳。』子牙曰：『大王兴言及此，真社稷生民之福也！宜速行之。』武王命左右去发财运粟，不表。只见后宫擒纣王之子武庚至，子牙令：『推来。』众诸侯切齿。少时，众将将武庚推至殿前，武庚跪下。众诸侯齐曰：『殷

受不道，罪盈满贯，人神共怒，今日当斩首正罪，以泄天地之恨。』子牙曰：『众诸侯之言甚是。』武王急止之曰：『不可！纣王肆行不道，皆是群小、妖妇惑乱其心，与武庚何干？且纣王炮烙大臣，虽贤如比干、微子，皆不能匡救其君，又何况武庚一幼稚之子哉？今纣王已灭，与子何仇？且「罪人不孥」，原是上天好生之德，孤愿与众位大王共体之，切不可枉行杀戮也。俟新君嗣位，封之以茅土，以存商祀，正所以报商之先王也。』

东伯侯姜文焕出而言曰：『元帅在上：今大事俱定，当立新君以安天下诸侯、士民之心。况且天不可以无日，国不可以无君，天命有道，归于至仁，今武王仁德著于四海，天下归心，宜正大位，以安天下民心。况我等众诸侯入关，襄武王以伐无道，正为今日之大事也。望元帅一力担当，不可迟滞，有辜众人之心。』众诸侯齐曰：『姜君侯讲得有理，正合众人之意。』子牙尚未及对，武王惶惧逊谢曰：『孤位轻德薄，名誉未著，惟日兢兢，求为寡过以嗣先王之业而未遑，安敢妄觊天位哉！况天位惟艰，惟仁德者居之，乞众位贤侯共择一有德者以嗣大位，毋令有忝厥职，遗天下羞。孤与相父早归故土，以守臣节而已。』旁有东伯侯厉声大言曰：『大王此言差矣！天下之至德，孰有如大王者！今天下归周，已非一日，即黎民之箪食壶浆以迎王师，岂有他哉！谓大王能救民于水火也。且天下诸侯景从云集，随大王以伐无道，其爱戴之心，盖有自也。大王又何必固辞？望大王俯从众议，毋令众人失望耳。』武王曰：『发有何德，望贤侯无得执此成议，还当访询有众，以服天下之心。』

东伯侯姜文焕曰：『昔帝尧以至德克相上帝，得膺大位；后生丹朱不肖，帝求人而逊位，众臣举舜。舜以重华

之德，以继尧而有天下。后帝舜生子商均亦不肖，舜乃举天下而让之禹。禹生启贤明，能承继夏命，故相继而传十七世。至桀无道而失夏政，成汤以至德放桀于南巢，代夏而有天下。传二十六世至纣，大肆无道，恶贯罪盈。大王以至德与众诸侯恭行天之讨，今大事已定，克承大宝，非大王而谁？大王又何必固逊哉！』武王曰：『孤安敢方禹汤之贤哲也。』姜文焕曰：『大王不事干戈，以仁义教率天下，化行俗美，三分天下有其二；故凤鸣于岐山，万民而乐业。天人相应，理不可诬。大王之政德，与二君何多让哉！』武曰：『姜君侯素有才德，当为天之主。』忽听得两旁众诸侯一齐上前，大呼曰：『天下归心，已非一日，大王为何苦苦固辞？大拂众人之心矣！况吾等会盟此地，岂是一朝一夕之力，无非欲立大王，再见太平之日耳。今大王舍此不居，则天下诸侯瓦解，自此生乱，是使天下终无太平之日矣。』子牙上前急止之曰：『列位贤侯不必如此，我自有名正言顺之说。』正是：

子牙一计成王业，致使诸侯拜圣君。

话说众诸侯在九间殿，见武王固逊，俱纷然争辩不一，子牙乃止之，对武王曰：『纣王祸乱天下，大王率诸侯明正其罪，天下无不悦服，大王礼当正位，号令天下。况当日凤鸣岐山，祥瑞现于周地，此上天垂应之兆，岂是偶然！今天下人心悦而归周，正是天人响应，时不可失。大王今日固辞，恐诸侯心冷，各散归国，涣无所统，各据其地，日生祸乱，甚非大王吊伐之意。深失民望，非所以爱之，实所以害之也。愿大王详察！』武王曰：『众人固是美爱，然孤之德薄，不足以胜此任，恐遗先王之羞耳。』东伯侯姜文焕曰：『大王不必辞逊，元帅自有主见。』乃对子牙曰：

『请元帅速行，不得迟滞，恐人心解散。』子牙急忙传令：『命画图样造台，作祝文昭告天地社稷，俟后有大贤，大王再让位未迟。』众诸侯已知子牙之意，随声应诺。旁有周公旦自去造台。后人有诗诵之，诗曰：

朝歌城内筑禅台，万姓欢呼动八垓。
沴气已随余焰尽，和风方向太阳来。
岐山鸣凤缠祯瑞，殿陛赓歌进寿杯。
四海雍熙从此盛，周家泰运又重开。

话说周公旦画了图样，于天地坛前造一座台。台高三层，按三才之象，分八卦之形。正中设『皇天后土之位』；旁立『山川社稷之神』；左右有『十二元神』旗号，按子、丑、寅、卯、辰、巳、午、未、申、酉、戌、亥立于其地；前后有『十干』旗号，按甲、乙、丙、丁、戊、己、庚、辛、壬、癸立于本位。坛上有『四季正神方位』：春日太昊、夏日炎帝，秋日少昊，冬日颛顼；中有皇帝轩辕。坛上罗列笾豆、簠簋、金爵、玉斝，陈设祭前，并生刍炙脯，列于几席，鲜、酱、鱼、肉设于案桌，无不齐备。只见香烧宝鼎，花插金瓶，子牙方请武王上坛。武王再三谦让，然后祭坛。八百诸侯齐立于两旁，周公旦高捧祝文，上台开读，祝文曰：

惟大周元年壬辰，越甲子昧爽三日，西伯侯西岐武王姬发敢昭告于皇天后土神祇曰：呜呼！惟天惠民，惟辟奉天。有殷受弗克上天，自绝于命。臣发承祖宗累治之仁，列圣相沿之德，予小子曷敢有越厥志，恭天承命，底商之罪，大正于商。惟尔神祇，克成厥勋，诞膺天命。予小子方日夜祇惧，恐坠前烈，敬修未遑。无奈诸侯、军、民、耆老人等，疏请再三，众志诚难固违。俯从群议，爰考旧典，式诹吉日，祇告于天、地、宗庙、社稷暨我文考，于是日受册宝，嗣即大位。仰承中外靖恭之颂，天人协应之符，庆日月之照临，膺皇天之永命。尚望福我维新，永终不替，慰兆人胥戴之情，垂累业无疆之绪。神其鉴兹！伏惟尚飨。

话说周公旦读罢祝文，焚了，祝告天地毕，只见香烟笼罩空中，瑞霭氤氲满地，其日天朗气清，惠风庆云，真是昌期应运，太平景象，自然迥别。那朝歌百姓挤拥，遍地欢呼。

武王受了册宝，即天子位，面南垂拱端坐。乐奏三番，众诸侯出笏，山呼：『万岁』。拜贺毕，武王传旨，大赦天下。众人簇拥武王下坛，来至殿廷，从新拜贺毕，武王传旨，命摆九龙饰席，大宴八百诸侯，君臣共乐。众人酒过数巡，俱各欢畅。百官觉已深沉，各辞阙谢恩而散。后人读史，见武王一戎衣而有天下，君臣和乐，作诗以咏之，诗曰：

坛上香风绕圣王，军民嵩祝舞霓裳。
江山依旧承柴望，社稷重新乐裸将。
金阙晓临仙掌动，玉阶时听珮环忙。
熙熙皞皞清明世，万姓讴歌庆未央。

又将摘星楼殿阁尽行拆毁，散鹿台之财，发巨桥之粟，释箕子之囚，封比干之墓，式商容之闾，放内宫之人，大赉于四海，而万姓悦服。

话说次日武王设朝，众诸侯朝贺毕，武王谓子牙曰：『殷纣因广施土木之功，竭天下之财，荒淫失政，故有此败。朕蒙众诸侯立之为君，朕欲将鹿台之货财给散与天下诸侯，颁赐各夷王衣袭之费，列爵惟五，分土惟三，建官惟贤，位事惟能，重民五教，惟食丧祭，惇信明义，崇德报功，命诸侯各引人马归国，以安享其土地。』又将摘星楼殿阁尽行拆毁，散鹿台之财，发巨桥之粟，释箕子之囚，封比干之墓，式商容之闾，放内宫之人，大赉于四海，而万姓悦服。乃偃武修文，归马于华山之阳，放牛于桃林之野，以示天下大服。武王在朝歌旬月，万民乐业，人物安阜，瑞草生，凤凰现，醴泉溢，甘露降，景星庆云，熙熙皞皞，真是太平景象。有诗为证，诗曰：

八十公公仗策行，相逢欣笑话生平。
眼中不识干戈事，耳内稀闻战鼓声。
每见麒麟鸾凤现，时听丝竹管弦鸣。
于今世上称宁宇，不似当年枕席惊。

话说武王为天子，天人感应，民安物阜，天降祥瑞，万民无不悦服。只见天下诸侯俱辞朝，各归本国。子牙入内庭见武王，王曰：『相父有何奏章？』子牙奏曰：『方今天下已定，老臣启陛下，命官镇守朝歌。』武王曰：『俱听相父。着用何官？』子牙曰：『今武庚，陛下既待以不杀，使守本土，得存商祀，必用何人监守方可？』武王曰：『俟明日临朝商议。』子牙退朝，回相府。只至次日，武王早朝，诸臣朝见毕，武王曰：『朕今封武庚世守本土，以存商祀，必使人监国；当用何人而后可？』武王问罢，众臣共议：『非亲王不可。』遂议管叔鲜、蔡叔度二王监国。武王依允，随命二叔守此朝歌。武王吩咐：『明日大驾归国。』只见武王圣谕一出，朝歌军民暨耆老人等，俱谋议遮留圣驾。不表。话说武王次日，吩咐二叔监国，大驾随起行。只见那些百姓，扶老挈幼，遮拜于道，大呼曰：『陛下救我等于水火之中，今一旦归国，是使万姓而无父母也。望陛下一视同仁，留居此地，我等百姓不胜庆幸！』武王见百姓挽留，乃慰之曰：『今朝歌朕已命二叔监守，如朕一样，必不令尔等失所也。尔等当奉公守法，自然安业，又何必朕在此，方能安阜也？』百姓挽留不住，放声大哭，震动天地。武王亦觉凄然；复谓二弟管叔鲜、蔡叔度曰：『民乃国之根本。尔不可轻虐下民，当视之如子。若是不体朕意，有虐下民，朕自有国法在，必不能为亲者讳也。二弟其勉之！』二叔受命。武王即日发驾起程，往西岐前进。百姓哭送一程，竟回朝歌。不表。

话说武王离朝歌，一路行来，也非一日，不觉来至孟津。思想昔日渡孟津时，白鱼跃舟，兵戈扰攘；今日又是一番光景，不胜嗟叹。后人有诗咏之：

驾返西岐龙入海，与民欢忭乐尧年。
归牛桃圃开新运，牧马华山洗旧羶。
箕子囚中先解释，比干墓上有封笺。
孟津昔日曾流血，无怪周王念往贤。

话说武王同子牙渡了黄河，过渑池，出五关，子牙一路行来，忽然想起一班随行征伐阵亡的将官，心下不胜伤悼。一日来至金鸡岭，兵过首阳山。只见大队方行，前面有二位道者阻住，对旗门官曰：『与我请姜元帅答话。』左右报进中军，子牙忙出辕门观看，却是伯夷、叔齐。子牙忙躬身问曰：『二位贤侯见尚，有何见谕？』伯夷曰：『姜元帅今日回兵，纣王致于何地？』子牙答曰：『纣王无道，天下共弃之。吾兵进五关，只见天下诸侯已大会于孟津。至甲子日，受率其旅若林，罔敢敌于我师，前徒倒戈攻于后以北，至血流漂杵，纣王自焚，天下大定。吾主武王散鹿台之财，发巨桥之粟，封比干之墓，式商容之闾，诸侯无不悦服，尊武王为天子。今日之天下，非纣王之天下也。』子牙道罢，只见伯夷、叔齐仰面涕泣，大呼曰：『伤哉！伤哉！以暴易暴兮，予意欲何为！』歌罢，拂袖而回。竟人首阳山，作『采薇』之诗，七日不食周粟，饿死首阳山。后人有诗吊之，诗曰：

昔阻周兵在首阳，忠心一点为成汤。
三分已去犹啼血，万死无辞立大纲。

水土不知新世界，江山还念旧君王。
可怜耻食甘名节，万古常存日月光。

话说子牙兵过首阳山，至燕山，一路上，周民箪食壶浆迎武王。一日，兵至西岐山，忽有上大夫散宜生、黄滚前来接驾，领众官俱在道旁俯伏。武王在车中见众弟与黄滚老将军后随孙儿黄天爵，武王曰：『朕东征五载，今见卿等，不觉满腔凄惨，愁怀勃勃也。』宜生近前启曰：『陛下今登大位，天下太平，此不胜之喜。臣等得复睹天颜，正是龙虎重逢，再庆都俞喜起之风，陛下与万姓同乐太平，又何至凄惨不悦也！』武王曰：『朕因会诸侯而伐纣，东进五关，一路内损朕许多忠良，未得共享太平，先归泉壤；今日卿等，老者、少者、存者、没者，俱不一其人，使朕不胜今昔之感，所以郁郁不乐耳。』散宜生启曰：『以臣死忠，以子死孝，俱是报君父之洪恩，遗芳名于史册，自是美事。陛下爵禄其子孙，世受国恩，即所以报之也，又何必不乐哉？』武王与众臣并辔而行。西岐山至岐州只七十里，一路上，万民争看，无不欢悦。武王鸾驾簇拥，来至西岐城，笙簧嘹亮，香气氤氲。武王至前殿下辇，入内庭，参见太姜，谒太妊，会太姬，设筵宴在显庆殿，大会文武。正是：

太平天子排佳宴，龙虎风云聚会时。

话说武王宴赏百官，君臣欢饮，尽醉而散。

次日早朝，聚众文武参谒毕，武王曰：『有奏章出班见朕，无事早散。』言未毕，子牙出班奏曰：『老臣奉天征

讨，灭纣兴周，陛下大事已定；只有屡年阵亡人、仙，未受封职。老臣不日辞陛下，往昆仑山见掌教师尊，请玉牒、金符，封赠众人，使他各安其位，不致他怅怅无依耳。』武王曰：『相父之言甚是。』言未毕，午门官启驾：『外有商臣飞廉、恶来在午门候旨。』武王问子牙曰：『今商臣至此见朕，意欲何为？』子牙奏曰：『飞廉、恶来，纣之佞臣。前破纣之时，二奸隐匿；今见天下太平，至此欲簧惑陛下，希图爵禄耳。此等奸佞，岂可一日容之于天地间哉，但老臣有用他之处，陛下可宣入殿廷，俟老臣吩咐他，自有道理。』武王从其言，命：『宣入殿前来。』左右将二臣引至丹墀，拜毕，口称：『亡国臣飞廉、恶来愿陛下万岁！』武王曰：『二卿至此，有何所愿？』飞廉奏曰：『纣王不听忠言，荒淫酒色，以至社稷倾覆。臣闻大王仁德著于四海，天下归心，真可驾尧轶舜，臣故不惮千里，求见陛下，愿效犬马。倘蒙收录，得执鞭于左右，则臣之幸也。谨献玉符、金册，愿陛下容纳。』子牙曰：『二位大夫在纣俱有忠诚，奈纣王不察，致有败亡之祸。今既归周，是弃暗投明，愿陛下当用二位大夫，正所谓舍珷玞而用美玉也。』武王听子牙之言，封飞廉、恶来为中大夫；二臣谢恩。后人有诗叹之，诗曰：

贪望高官特地来，玉符金节献金阶。
子牙早定防奸计，难免封神剑下灾。

话说武王封了飞廉、恶来二人，子牙出朝，回相府，不表。

单说当年马氏笑子牙不能成其大事，竟弃子牙而他适。及至今日，武王嗣位，天下归周，宇宙太平，即茅檐蔀屋，穷谷深山，凡有人烟聚集之处，无有不知武王伐纣，俱是相父姜子牙之功。今日一统华夷，姜子牙出将入相，享人间无穷富贵，权牟人主，位极人臣，古今罕及，天下人无不赞叹：『当日子牙困穷之时，磻溪坐隐，此身已老于渔樵；孰意八十岁方被文王聘请归国，今日做出这般天样大事业来。』今日讲，明日讲，一日讲到这马氏耳朵里来。马氏此时跟随了一个乡村田户之人。其日闻得邻家一个老婆子对马氏曰：『昔日你当时嫁的那个姜某，如今做了多大事业，……』如此长，如此短，说了一遍，说得那马氏满面通红，一腔热烘烘的起来，半日无语。那老婆子又促了他两句，说道：『当日还是大娘子错了，若是当时随了姜某，今日也享这无穷富贵，却强如在这里守穷度日。这还是你命里没福！』马氏越发心里如油煎火燎一般，追悔不及。越觉怒恼。当时马氏辞了老婆子，自家归来。坐在房里，越想越恨：『我当初如何看不上他！这双眼睛，还生在世上！』自思：『便活一百岁，也只是如此，天下岂有这等一个大贵人错过了，还有什么好处！』又想：『适才这个老婆子说是我没福，不觉羞惭，再有何颜立于人世！不如寻个自尽罢！』乃大哭了一回。心里又想：『恐怕不是他。假如错听了，天下也有这个同名同姓的，却不是枉死了？』自己又自解叹：『且等到晚间，俟我这个丈夫来家，问他明白，再也未迟。』那日天晚，只见那农夫张三老往城中卖菜来家，马氏接着，收拾了晚饭与丈夫吃了，因问曰：『如今姜子牙，闻说他出将入相，百般富贵，果然真么？』张三老听说，忙陪笑脸答曰：『贤妻不问，我也不好说，果然是真的。前日姜丞相在朝歌，甚么样威仪！天下诸侯，俱各听命。我那时要与你说去见他一见，也讨个小小的富贵；我只怕他品位俱尊，恐惹出事来，故此一向不曾说得。今蒙

娘子问及，只得说与你知道。如今迟了，姜丞相回国多时，只是当初在这里好的。』马氏闻言，半日无语。这张三老恐娘子着恼，又安慰了一回。马氏假意劝丈夫睡了，自己收拾浑身干净，哭了数声，悬梁自缢而死。一魂往封神台去了。及至张三老知觉，天已明了，马氏气绝，张三老只得买棺木埋葬。不表。后人有诗叹之：

痴心尚望享荣华，应悔当时一念差。
三复垂思无计策，悬梁虽死愧黄沙。

话说次日子牙入朝见武王，奏曰：『昔日老臣奉师命下山，助陛下吊民伐罪，原是应运而兴，凡人、仙皆逢杀劫，先立有「封神榜」在封神台上。今大事已定，人、仙魂魄无依，老臣特启陛下，给假往昆仑山见师尊，请玉符、金册来封众神，早安其位，望陛下准臣施行。』武王曰：『相父劳苦多年，当享太平之福；但此事亦是不了之局，相父可速宜施行，不得久羁仙岛，令朕凝望眼耳。』子牙曰：『老臣怎敢有辜圣恩而乐游林壑也！』子牙忙辞武王，回相府，沐浴毕，驾土遁往昆仑山而来。不知后事如何，且听下回分解。

第九十九回　姜子牙归国封神

诗曰：

濛濛香霭彩云生，满道讴歌贺太平。
北极祥光笼兑地，南来紫气绕金城。
群仙此日皆登果，列圣明朝尽返贞。
万古崇呼禋祀远，从今护国永澄清。

话说子牙借土遁来至玉虚宫前，不敢擅入。少时，只见白鹤童儿出来，看见姜子牙，忙问曰：『师叔何来？』子牙曰：『烦你通报一声，特来叩谒老师。』童子忙进宫来，至碧游床前启曰：『禀上老爷：姜师叔在宫外求见。』元始天尊曰：『着他进来。』童子出来，传与子牙。子牙进宫，至碧游床前，倒身下拜：『弟子姜尚愿老师万寿无疆！弟子今日上山，拜见老师，特为请玉符、敕命，将阵亡忠臣孝子，逢劫神仙，早早封其品位，毋令他游魂无依，终日悬望。乞老师大发慈悲，速赐施行。诸神幸甚！弟子幸甚！』元始曰：『我已知道了。你且先回，不日就有符敕至封神台来。你速回去罢。』子牙叩首谢恩而退。子牙离了玉虚宫，回至西岐。次日，入朝参谒武王，备言封神一事：『老师自令人赍来。』不觉光阴迅速，也非止一日，只见那日空中笙簧嘹亮，香气氤氲，旌幢羽盖，黄巾力士簇拥而来。白鹤童子亲赍符敕降临相府。怎见得，有诗为证：

紫府金符降玉台，旌幢羽盖拂三台。
雷瘟火斗分先后，列宿群星次第开。
纠察无私称至德，滋生有自序长才。
仙神人鬼从今定，不使朝朝堕草莱。

话说子牙迎接玉符、金敕，供于香案上，望玉虚宫谢恩毕，黄巾力士与白鹤童子别了子牙回昆仑。不表。子牙将符敕亲自赍捧，借土遁往岐山前来。只一阵风早到了封神台。有清福神柏鉴来接子牙。子牙捧符敕进了封神台，将符敕在正中供放，传令武吉、南宫适：『立八卦纸幡，镇压方向与干支旗号。』又令二人领三千人马，按五方排列。子牙吩咐停当，方沐浴更衣，拈香金鼎，酌酒献花，绕台三匝。子牙拜毕诰敕，先命清福神柏鉴在台下听候。子牙然后开读玉虚宫元始天尊诰敕：

『太上无极混元教主元始天尊敕曰：呜呼！仙凡路迥，非厚培根行岂能通；神鬼途分，岂谄媚奸邪所觊窃。纵服气炼形于岛屿，未曾斩却三尸，终归五百年后之劫；总抱真守一于玄关，若未超脱阳神，难赴三千瑶池之约。故尔等虽闻至道，未证菩提。有心自修持，贪痴未脱；有身已入圣，嗔怒难除。须至往愆累积，劫运相寻。或托凡躯而尽忠报国；或因嗔怒而自惹灾尤。生死轮回，循环无已；业冤相逐，转报无休。吾甚悯焉！怜尔等身从锋刃，日沉沦于苦海，心虽忠荩，每飘泊而无依。特命姜尚依劫运之轻重，循资品之高下，封尔等为八部正神，分掌各司，按布周天，

子牙拜毕诰敕，先命清福神柏鉴在台下听候。

纠察人间善恶，检举三界功行。祸福自尔等施行，生死从今超脱，有功之日，循序而迁。尔等其恪守弘规，毋肆私妄，自惹愆尤，以贻伊戚，永膺宝箓，常握丝纶。故兹尔敕，尔其钦哉！』

子牙宣读敕书毕，将符箓供放案桌之上，乃全装甲胄，左手执杏黄旗，右手执打神鞭，站立中央，大呼曰：『柏鉴可将「封神榜」张挂台下。诸神俱当循序而进，不得搀越取咎。』柏鉴领法旨，将『封神榜』张挂台下。只见诸神俱簇拥前来观看。那榜首就是柏鉴。柏鉴看见，手执引魂幡，忙进坛跪伏坛下，听宣元始封诰。子牙曰：『今奉太上元始敕命：尔柏鉴昔为轩辕皇帝大帅，征伐蚩尤，曾有勋功；不幸殛死北海，捐躯报国，忠荩可嘉！一向沉沦，冤尤可悯。幸遇姜尚封神，守台功茂，特赐宝箓，慰尔忠魂。今敕封尔为三界首领八部三百六十五位清福正神之职。尔其钦哉！』柏鉴在坛下，阴风影里，手执百灵幡，望玉敕叩头谢恩毕。只见坛下风云簇拥，香雾盘旋。柏鉴至台外，手执百灵幡伺候指挥。

子牙命柏鉴：『引黄天化上台听封。』不一时，只见清福神用幡引黄天化至台下，跪听宣读敕命。子牙曰：『今奉太上元始敕命：尔黄天化以青年尽忠报国，下山首建大功，救父尤为孝养；未享荣封，捐躯马革，情实痛焉！援功定赏，当存其厚，特敕封尔为管领三山正神炳灵公之职。尔其钦哉！』黄天化在坛下叩首谢恩，出坛而去。

子牙命柏鉴：『引五岳正神上坛受封。』少时，清福神引黄飞虎等齐至台下，跪听宣读敕命。子牙曰：『今奉太上元始敕命：尔黄飞虎遭暴主之惨恶，致逃亡于他国，流离迁徙，方切骨肉之悲；奋志酬知，突遇阳针之劫，遂罹凶祸，情实可悲！崇黑虎有志济民，时逢劫运；闻聘等三人金兰气重，方图协力同心，忠义志坚，欲效股肱之愿，岂意阳运告终，赍志而殁。尔五人同一孤忠，功有深浅。特锡荣封，以是差等。乃敕封尔黄飞虎为五岳之首，仍加敕一道，执掌幽冥地府一十八重地狱，凡一应生死转化人神仙鬼，俱从东岳勘对，方许施行。特敕封尔为东岳泰山齐天仁圣大帝之职，总管天地人间吉凶祸福。尔其钦哉！毋渝厥典。』黄飞虎在台下先叩首谢恩。子牙方读四敕曰：『特敕封尔崇黑虎为南岳衡山司天昭圣大帝；特敕封尔闻聘为中岳嵩山中天崇圣大帝；特敕封尔崔英为北岳恒山安天玄圣大帝；特敕封尔蒋雄为西岳华山金天愿圣大帝。尔其钦哉！』崇黑虎等俱叩首谢恩毕，同黄飞虎出坛而去。子牙命柏鉴：『引雷部正神上台受封。』只见清福神持引魂幡出坛来引雷部正神。只见闻太师，毕竟他英风锐气，不肯让人，哪里肯随柏鉴？子牙在台上看见香风一阵，云气盘旋，率领二十四位正神径闯至台下，也不跪。子牙执鞭大呼曰：『雷部正神跪听宣读玉虚宫封号！』闻太师方才率众神跪听封号。子牙曰：『今奉太上元始敕命：尔闻仲曾入名山，证修大道，虽闻朝元之果，未证至一之谛，登大罗而无缘，位人臣之极品，辅相两朝，竭忠补衮，虽劫运之使然，其贞烈之可悯。今特令尔督率雷部：兴云布雨，万物托以长养；诛逆除奸，善恶由之祸福。特敕封尔为九天应元雷神普化天尊之职，仍率领雷部二十四员催云助雨护法天君，任尔施行。尔其钦哉！

雷部二十四位天君正神名讳：

邓天君讳忠　辛天君讳环　张天君讳节　陶天君讳荣

庞天君讳洪　刘天君讳甫　苟天君讳章　毕天君讳环

秦天君讳完　赵天君讳江　董天君讳全　袁天君讳角

李天君讳德　孙天君讳良　柏天君讳礼　王天君讳变

姚天君讳宾　张天君讳绍　黄天君讳谀　金天君讳素

吉天君讳立　余天君讳庆　闪电神即金光圣母　助风神即菡芝仙

话说雷祖率领二十四位天君听封号毕，俱望台上叩首谢恩，出封神台去讫。只见祥光缥缈，紫雾盘旋，电光闪灼，风云簇拥，自是不同。有诗赞之，诗曰：

布雨兴云助太平，滋培万物育群生。

从今雷部承天敕，诛恶安良达圣明。

雷祖去了。子牙又命柏鉴：『引火部正神上台听封。』不一时，清福神引罗宣等至台下，跪听宣读敕命。子牙曰：『今奉太上元始敕命：尔罗宣昔在火龙岛曾修无上之真，未跨青鸾之翼，因一念嗔痴，弃七尺为乌有，虽尤尔咎，实乃往愆。特敕封尔为南方三气火德星君正神之职，仍率领火部五位正神，任尔施行，巡察人间善恶。尔其钦哉！

火部五位正神名讳：

尾火虎　朱讳招　　室火猪　高讳震　　觜火猴　方讳贵

翼火蛇　王讳蛟　　接火天君　刘讳环

话说火星率领五位正神叩首谢恩，出台去了。子牙又命柏鉴：『引瘟部正神上台受封。』少时，清福神引吕岳等至台下，跪听宣读敕命。只见惨雾凄凄，阴风习习。子牙曰：『今奉太上元始敕命：尔吕岳潜修岛屿，有成仙了道之机，误听萋菲，动干戈杀戮之惨，自堕恶趣，夫复何戚！特敕封尔为主掌瘟癀昊天大帝之职；率领瘟部六位正神，凡有时症，任尔施行。尔其钦哉！

瘟部六位正神名讳：

东方行瘟使者　周讳信　　南方行瘟使者　李讳奇　　西方行瘟使者　朱讳天麟

北方行瘟使者　杨讳文辉　　劝善大师　陈讳庚　　和瘟道士　李讳平

吕岳等听罢封号，叩首谢恩，出坛去了。子牙又命柏鉴：『引斗部正神至台上受封。』不一时，只见清福神引金灵圣母等至台下，跪听宣读敕命。子牙曰：『今奉太上元始敕命：尔金灵圣母，道德已全，曾历百千之劫；嗔心未退，致罹杀戮之殃。皆自蹈于烈焰之中，岂冥数定轮回之苦。悔已无及。慰尔潜修，特敕封尔执掌金阙，坐镇斗府，居周天列宿之首，为北极紫气之尊，八万四千群星恶煞，咸听驱使，永坐坎宫斗母正神之职。钦承新命，克盖往愆！

五斗群星吉曜恶煞正神名讳：

东斗星官　苏讳护　金讳奎　姬讳叔明　赵讳丙

西斗星官　黄讳天禄　龙讳环　孙讳子羽　胡讳升　胡讳云鹏

中斗星官　鲁讳仁杰　晁讳雷　姬讳叔升

中天北极紫微大帝　姬讳伯邑考

南斗星官　周讳纪　胡讳雷　高讳贵　余讳成　孙讳宝　雷讳鹍

北斗星官　黄讳天祥天罡　殷讳比干文曲　窦讳荣武曲　韩讳升左辅　韩讳变右弼

苏讳全忠破军　鄂讳顺贪狼　郭讳宸巨门　董讳忠招摇

群星名讳：

青龙星　邓讳九公　白虎星　殷讳成秀　朱雀星　马讳方　玄武星　徐讳坤

勾陈星　雷讳鹏	滕蛇星　张讳山	太阳星　徐讳盖	太阴星　姜氏（纣后）
玉堂星　商讳容	天贵星　姬讳叔乾	龙德星　洪讳锦	红鸾星　龙吉公主
天喜星　纣王天子	天德星　梅讳伯（纣大夫）	月德星　夏讳招	天赦星　赵讳启（纣大夫）
貌端星　贾氏（纣大夫）	金府星　萧讳臻	木府星　邓讳华	水府星　余讳元
火府星　火灵圣母	土府星　土讳行孙	六合星　邓氏婵玉	博士星　杜讳元铣
力士星　邬讳文化	奏书星　胶讳鬲	河魁星　黄讳飞彪	月魁星　御地夫人
帝车星　姜讳桓楚	天嗣星　黄讳飞豹	帝辂星　丁讳策	天马星　鄂讳崇禹
皇恩星　李讳锦	天医星　钱讳保	地后星　黄氏（纣妃）	宅龙星　姬讳叔德
伏龙星　黄讳明	驿马星　雷讳开	黄幡星　魏讳贲	豹尾星　吴讳谦
丧门星　张讳桂芳	吊客星　风讳林	勾绞星　费讳仲	卷舌星　尤讳浑
罗睺星　彭讳遵	计都星　王讳豹	飞廉星　姬讳叔坤	大耗星　崇讳侯虎
小耗星　殷讳破败	贯索星　丘讳引	栏杆星　龙讳安吉	披头星　太讳鸾
五鬼星　邓讳秀	羊刃星　赵讳升	血光星　孙讳焰红	官符星　方讳义真
孤辰星　余讳化	天狗星　季讳康	病符星　王讳佐	钻骨星　张讳凤

死符星　卞讳金龙	天败星　柏讳显忠	浮沉星　郑讳椿	天杀星　卞讳吉
岁杀星　陈讳庚	岁刑星　徐讳芳（穿云总兵）	岁破星　晁讳田	独火星　姬讳叔义
血光星　马讳忠	亡神星　欧阳讳淳	月破星　王讳虎	月游星　石矶娘娘
死气星　陈讳季贞	咸池星　徐讳忠	月厌星　姚讳忠	月刑星　陈讳梧
黑杀星　高讳继能	七杀星　张讳奎	五谷星　殷讳洪	除杀星　余讳忠
天刑星　欧阳讳天禄	天罗星　陈讳桐	地网星　姬讳叔吉	天空星　梅讳武
华盖星　敖讳丙	十恶星　周讳信	蚕畜星　黄讳元济	桃花星　高氏兰英
扫帚星　马氏	大祸星　李讳艮	狼籍星　韩讳荣	披麻星　林讳善
九丑星　龙讳须虎	三尸星　撒讳坚	三尸星　撒讳强	三尸星　撒讳勇
阴错星　金讳成	阳差星　马讳成龙	刃杀星　公孙讳铎	四废星　袁讳洪
五穷星　孙讳合	地空星　梅讳德	红艳星　杨氏（纣妃）	流霞星　武讳荣
寡宿星　朱讳升	天瘟星　金讳大升	荒芜星　戴讳礼	胎神星　姬讳叔礼
伏断星　朱讳子真	反吟星　杨讳显	伏吟星　姚讳庶良	刀砧星　常讳昊
灭没星　房讳景元	岁厌星　彭讳祖寿	破碎星　吴讳龙	

二十八宿名讳（内有八人 封在水、火二部管事，俱万仙阵亡）：

角木蛟 柏讳林 斗木豸 杨讳信 奎木狼 李讳雄 井木犴 沈讳庚

牛金牛 李讳弘 鬼金羊 赵讳白高 娄金狗 张讳雄 亢金龙 李讳道通

女土蝠 郑讳元 胃土雉 宋讳庚 柳土獐 吴讳坤 氐土貉 高讳丙

星日马 吕讳能 昴日鸡 黄讳仓 虚日鼠 周讳宝 房日兔 姚讳公伯

毕月乌 金讳绳阳 危月燕 侯讳太乙 心月狐 苏讳元 张月鹿 薛讳宝

随斗部天罡星三十六位名讳（俱万仙阵亡）：

天魁星 高讳衍 天罡星 黄讳真 天机星 卢讳昌 天闲星 纪讳丙

天勇星 姚讳公孝 天雄星 施讳桧 天猛星 孙讳乙 天威星 李讳豹

天英星 朱讳义 天贵星 陈讳坎 天富星 黎讳仙 天满星 方讳保

天孤星 詹讳秀 天伤星 李讳洪仁 天晴星 王讳龙茂 天健星 邓讳玉

天暗星 李讳新 天祐星 徐讳正道 天空星 典讳通 天速星 吴讳旭

天异星 吕讳自成 天煞星 任讳来聘 天微星 龚讳清 天究星 单讳百招

天退星 高讳可 天寿星 戚讳成 天剑星 王讳虎 天平星 卜讳同

天罪星　姚讳公　天损星　唐讳天正　天败星　申讳礼　天牢星　闻讳杰
天慧星　张讳智雄　天暴星　毕讳德　天哭星　刘讳达　天巧星　程讳三益

随斗部地煞星七十二位名讳（俱万仙阵亡）：

地魁星　陈讳继真　地煞星　黄讳景元　地勇星　贾讳成　地杰星　呼讳百颜
地雄星　鲁讳修德　地威星　须讳成　地英星　孙讳祥　地奇星　王讳平
地猛星　柏讳有患　地文星　革讳高　正星　考讳鬲　地辟星　李讳燧
地阔星　刘讳衡　地强星　夏讳祥　地暗星　余讳惠　地辅星　鲍讳龙
地会星　鲁讳芝　地佐星　黄讳丙庆　地祐星　张讳奇　地灵星　郭讳巳
地兽星　金讳南道　地微星　陈讳元　地慧星　车讳坤　地暴星　桑讳成道
地默星　周讳庚　地猖星　齐讳公　地狂星　霍讳之元　地飞星　叶讳中
地走星　顾讳宗　地巧星　李讳昌　地明星　方讳吉　地进星　徐讳吉
地退星　樊讳焕　地满星　卓讳公　地遂星　孔讳成　地周星　姚讳金秀
地隐星　宁讳三益　地异星　余讳知　地理星　童讳贞　地俊星　袁讳鼎相
地乐星　汪讳祥　地捷星　耿讳颜　地速星　邢讳三鸾　地镇星　姜讳忠

地羁星　孔讳天兆　地魔星　李讳跃　地妖星　龚讳倩　地幽星　段讳清
地伏星　门讳道正　地僻星　祖讳林　地空星　萧讳电　地孤星　吴讳四玉
地全星　匡讳玉　地短星　蔡讳公　地角星　蓝讳虎　地囚星　宋讳禄
地藏星　关讳斌　地平星　龙讳成　地损星　黄讳乌　地奴星　孔讳道灵
地察星　张讳焕　地恶星　李讳信　地魂星　徐讳山　地数星　葛讳方
地阴星　焦讳龙　地刑星　秦讳祥　地壮星　武讳衍公　地劣星　范讳斌
地健星　叶讳景昌　地耗星　姚讳烨　地贼星　孙讳吉　地狗星　陈讳梦庚

随斗部九曜星官名讳（俱万仙阵亡）：

崇讳应彪　高讳系平　韩讳鹏　李讳济　王讳封　刘讳禁　王讳储　彭讳九元　李讳三益

北斗五气水德星君名讳：

水德星　鲁讳雄　箕水豹　杨讳真　壁水貐　方讳吉清　参水猿　孙讳祥
轸水蚓　胡讳道元

众群星列宿听罢封号，叩首谢恩，纷纷出坛而去。子牙又命柏鉴：『引直年太岁至台下受封。』少时，清福神用幡引殷郊、杨任等至台下，跪听宣读敕命。子牙曰：『今奉太上元始敕命：尔殷郊昔身为纣子，痛母后致触君父，几罹不测之殃；后证道名山，背师言有逆天意，酿成犁锄之祸。虽申公豹之唆使，亦尔自作之愆由。尔杨任事纣，忠君直谏，先遭剜目之苦；归周舍身报国，后罹横死之灾。总劫运之使然，亦冥数之难逭。特敕封尔殷郊为执年岁君太岁之神，坐守周年，管当年之休咎。尔杨任为甲子太岁之神，率领尔部下，日直正神，循周天星宿度数，察人间过往愆由。尔等宜恪修厥职，永钦新命。

太岁部下日直众星名讳：

日游神　温讳良　　夜游神　乔讳坤　　增福神　韩讳毒龙　　损福神　薛讳恶虎

显道神　方讳弼　　开路神　方讳相　　直年神　李讳丙（万仙阵亡）　　直月神　黄讳承乙（万仙阵亡）

直日神　周讳登（万仙阵亡）　　直时神　刘讳洪（万仙阵亡）

殷郊等听罢封号，叩首谢恩，出坛去了。子牙又命柏鉴：『引王魔等上坛受封。』不一时，清福神用幡引王魔等至台下，跪听宣读敕命。子牙曰：『今奉太上元始敕命：尔王魔等昔在九龙岛潜修大道，奈根行之未深，听唆使之萋菲，致抛九转功夫，反受血刃之苦。此亦自作之愆，莫怨彼苍之咎。特敕封尔等为镇守灵霄宝殿四圣大元帅。永承钦命，慰尔幽魂。

王讳魔　　杨讳森　　高讳体乾　　李讳兴霸

王魔等听罢封号，叩头谢恩，出坛去了。又命柏鉴：『引赵公明等上坛受封。』不一时，清福神用幡引赵公明等

至台下，跪听宣读敕命。子牙曰：『今奉太上元始敕命：尔赵公明昔修大道，已证三乘根行；深入仙乡，无奈心头火热。德业迥超清净，其如妄境牵缠。一堕恶趣，返真无路。生未能入大罗之境，死当受金诰之封。特敕封尔为金龙如意正一龙虎玄坛真君之神；率领部下四位正神，迎祥纳福，追逃捕亡。尔其钦哉！

招宝天尊　萧讳升　　纳珍天尊　曹讳宝　　招财使者　陈讳九公　　利市仙官　姚讳少司』

赵公明等听罢封号，叩首谢恩，出坛去了。子牙又命柏鉴：『引魔家四将上坛受封。』少时，只见清福神用幡引魔礼青兄弟等至台下，跪听宣读敕命。子牙曰：『今奉太上元始敕命：尔魔礼青等仗秘授之奇珍，有逆天命；逞弟兄之一体，致戮无辜。虽忠荩之可嘉，奈劫运之难躲。同时而尽，久入沉沦。今特敕封尔为四大天王之职；辅弼西方教典，立地水火风之相；护国安民，掌风调雨顺之权。永修厥职，毋忝新纶。

增长天王　魔礼青掌青光宝剑一口　职风

广目天王　魔礼红掌碧玉琵琶一面　职调

多文天王　魔礼海掌管混元珍珠伞　职雨

持国天王　魔礼寿掌紫金龙花狐貂　职顺

魔礼青等听罢封号，叩首谢恩，出坛去了。子牙又命柏鉴：『引郑伦等上坛受封。』不一时，清福神用幡引郑伦等至台下，跪听宣读敕命。子牙曰：『今奉太上元始敕命：尔郑伦弃纣归周，方庆良臣之得主，督粮尽瘁，深勤跋涉之劬劳。未膺一命之荣，反罹阳九之厄。尔陈奇阻吊伐之师，虽违天命；荩忠节于国，实有可嘉。总归劫运，无用深嗟。兹特即尔等腹内之奇，加之位职。敕封尔等镇守西释山门、宣布教化、保护法宝、为哼哈二将之神。尔其恪修厥职，永钦成命。』郑伦与陈奇听罢封号，叩首谢恩，出坛去了。子牙又命柏鉴：『引余化龙父子上坛受封。』不一时，只见清福神用幡引余化龙等至坛下，跪听宣读敕命。子牙曰：『今奉太上元始敕命：尔余化龙父子，拒守孤城，深切忠贞，一门死难，永堪华衮之封。特锡尔之新纶，当克襄乎上理。乃敕封尔掌人间之时症，主生死之修短，秉阴阳之顺逆，立造化之元神，为主痘碧霞元君之神；率领五方痘神，任尔施行。仍敕封尔元配金氏为卫房圣母元君。同承新命，永修厥职，汝其钦哉！

五方主痘正神名讳：

东方主痘正神　余讳达

西方主痘正神　余讳兆

南方主痘正神　余讳光

北方主痘正神　余讳先

中央主痘正神　余讳德

余化龙等听罢封号，叩首谢恩，出坛去了。子牙命柏鉴：『引三仙岛云霄、琼霄、碧霄上台受封。』少时，只见

清福神用幡引云霄等至台下，跪听宣读敕命。子牙曰：『今奉太上元始敕命：尔云霄等，潜修仙岛虽勤日夜之功；得道天皇，未登大罗彼岸。况狂逞于兄言，借金剪残害生灵，且愤怒于冥数，摆「黄河」擒拿正士。致历代之门徒，劫遭金斗；削三花之元气，后转凡胎。业更造乎多端，心无悔乎彰报。姑从惠典，锡尔荣封。特敕封尔执掌混元金斗，专擅先后之天，凡一应仙、凡、人、圣、诸侯、天子、贵、贱、贤、愚，落地先从金斗转劫，不得越此，为感应随世仙姑正神之位。尔当念此鸾封，克勤尔职！

云霄娘娘　琼霄娘娘　碧霄娘娘

（以上三姑，正是坑三姑娘之神。混元金斗即人间之净桶。凡人之生育，俱从此化生也。）』三姑听罢封号，叩头谢恩，出坛去了。子牙又命柏鉴：『引申公豹至台上受封。』不一时，只见清福神用百灵幡引申公豹至台下，跪听宣读敕命。子牙曰：『今奉太上元始敕命：尔申公豹身归阐教，反助逆以拒直；既已被擒，又发誓以粉过。身虽塞乎北海，情难释其往愆。姑念清修之苦，少加一命之荣。特敕封尔执掌东海，朝观日出，暮转天河，夏散冬凝，周而复始，为分水将军之职。尔其永钦成命，毋替厥职！』申公豹听罢封号，叩首谢恩，出坛去了。子牙封罢三百六十五位正神已毕，只见众神各去领受执掌，不一时，封神台边凄风尽息，惨雾澄清，红日中天，和风荡漾。子牙下坛传令，命南宫适：『会合朝大小文武官员，至岐山听候发落。』南宫适领命，忙令马上飞递前去。不表。次日，众官跻跻跄跄，齐至坛下伺候。少时，子牙升帐。众官俱进帐参谒毕，子牙传令：『将飞廉、恶来拿下。』飞廉、恶来二人齐曰："无罪！"子牙笑曰："你这二贼，惑君乱政，陷害忠良，断送成汤社稷，罪盈恶贯，死有余辜！今国破君亡，又来献宝偷安，希图仕周以享厚禄。新天子祗承休命，万国维新，岂容你这不忠不义之贼于世，以贻新政之羞也！"命左右："推出斩之正法！"二人低头不语。左右推出辕门。不知性命如何，且听下回分解。

第一百回　武王封列国诸侯

诗曰：

周室开基立帝图，分茅列土报功殊。
制田世禄惟三等，品爵官人树五途。
铁券金书藏石室，高牙大纛拥铜符。
从今藩镇如星布，倡化宣猷万姓苏。

话说子牙传令，命斩飞廉、恶来，只见左右旗门官将二人推至辕门外，斩首号令，回报子牙。子牙斩了两个佞臣，复进封神台，拍案大呼曰：『清福神柏鉴何在？快引飞廉、恶来魂魄至坛前受封！』不一时，只见清福神用幡引飞廉、恶来至坛下，跪听宣读敕命。但见二魂俯伏坛下，凄切不胜。子牙曰：『今奉太上元始敕命：尔飞廉、恶来，生前甘心奸佞，簧惑主听，败国亡君，偷生苟免；只知盗宝以荣身，孰意法网无疏漏。既正明刑，当有幽录。此皆尔自受之愆，亦是运逢之劫。特敕封尔为冰消瓦解之神。虽为恶煞，尔宜克修厥职，毋得再肆凶锋。汝其钦此！』飞廉、恶来听罢封号，叩首谢恩，出坛去了。子牙封罢神下台，率领百官回西岐。有诗为证：

天理循环若转车，有成有败更无差。

往来消长应堪笑，反复兴衰若可嗟。
夏桀南巢风里烛，商辛焚死浪中花。
古今吊伐皆如此，惟有忠魂傍日斜。

话说子牙回岐州，进了都城，入相府安息。众官俱回私宅。一夕晚景已过。次日早朝，武王登殿，真是有道天子，朝仪自是不同。所谓香雾横空，瑞烟缥缈，旭日围黄，庆云舒彩。只听得玉珮叮咛，众官袍袖舞清风，蛇龙弄影，四周御帐迎晓日，静鞭三响整朝班，文武高呼称『万岁』。怎见得早朝美景，后唐人有诗，单道早朝好处：

绛帻鸡人报晓筹，尚衣方进翠云裘。
九天阊阖开宫殿，万国衣冠拜冕旒。
日色才临仙掌动，香烟欲傍衮龙浮。
朝罢须裁五色诏，珮声归到凤池头。

话说武王升殿，只见当驾官传旨：『有事出班启奏，无事卷帘朝散。』言还未毕，班部中有姜子牙出班上殿，俯伏称『臣』。武王曰：『相父有何奏章见朕？』子牙奏曰：『老臣昨日奉师命将忠臣良将与不道之仙、奸佞之辈，俱依劫运，遵玉敕一一封定神位，皆各分执掌，受享禋祀，护国祐民，掌风调雨顺之权，职福善祸淫之柄。自今以

往，永保澄清，无复劳陛下宸虑。但天下诸侯与随行征战功臣、名山洞府门人，曾亲冒矢石，俱有血战之功。今天下底定，宜分茅列土，封之以爵禄，使子孙世食其土，以昭崇德报功之义。其亲王子孙，亦当封树藩屏，以壮王室。昔上古三皇、五帝之后，亦宜分封土地，以报其立极之功。此皆陛下首先之务，当亟行之，不可一刻缓者。』武王曰：『朕有此心久矣。只因相父封神未竣，故少俟之耳。今相父既回，一听相父行之。』武王方才言罢，只见李靖、杨戬等出班奏曰：『臣等原系山谷野人。奉师法旨下山，克襄劫运，戡定祸乱。今已太平，臣等理宜归山，以得师命。凡红尘富贵、功名、爵禄，亦非臣等所甘心者也。今日特陛辞皇上。望陛下赦臣等归山，真莫大之洪恩也。』武王曰：『朕蒙卿等旋乾转坤之力，浴日补天之才，戡祸乱于永清，辟宇宙而再朗，其有功于社稷生民，真无涯际；虽家禋户祀，尚不足以报其劳，岂骤舍朕而归山也？朕何忍焉！』李靖等曰：『陛下仁恩厚德，臣等沐之久矣。但臣等恬淡性成，山野素志，况师命难以抗违，天心岂敢故逆？乞陛下怜而赦之，臣等不胜幸甚！』武王见李靖等坚执要去，不肯少留，不胜伤感，乃曰：『昔日从朕，始事征伐之时，其忠臣义士，云屯雨集；不意中道有死于王事、殁于征战者，不知凡几，今仅存者甚是残落，朕已不胜今昔之感。今卿等方际太平，当与朕共享康宁之福，卿等又坚请归山，朕欲强留，恐违素志，今勉从卿请，心甚戚然。俟明日，朕率百官亲至南郊饯别。少尽数年从事之情。』李靖等谢恩平身，众官无不凄恻。子牙听得七人告辞归山，也不胜惨戚。俱各朝散。一宿晚景不题。次日，光禄寺典膳官预先至南郊，整治下九龙御席，一色齐备。只见众文武百官与李靖等先至南郊候驾；惟姜子牙在朝内伺候武王御驾同行。话说

次日，众官跻跻跄跄，齐至坛下伺候。

武士升殿，传旨：『排銮舆出城。』子牙随后。一路上香烟载道，瑞彩缤纷，士民欢悦，俱来看天子与众人、仙饯别。真是哄动一城居民，齐集郊外。只见武王来至南郊，众文武百官上前接驾毕，李靖等复上前叩谢曰：『臣等有何德能，敢劳陛下御驾亲临赐宴，使臣等不胜感激！』武王用手挽住，慰之曰：『今日卿等归山，乃方外神仙，朕与卿已无君臣之属，卿等幸毋过谦。今日当痛饮尽醉，使朕不知卿之去方可耳。不然，朕心何以为情哉！』李靖等顿首称谢不已。须臾，当驾官报：『酒已齐备。』武王命左右奏乐，各官俱依次就位。武王上坐。只见箫韶迭奏，君臣欢饮，把盏轮杯，真是畅快。说甚么炮凤烹龙，味穷水陆。君臣饮罢多时，只见李靖等出席谢宴告辞，武王亦起身执手，再三劝慰，又饮数杯。李靖等苦苦告别，武王知不可留，不觉泪下。李靖等慰之曰：『陛下当善保天和，则臣等不胜庆幸。俟他日再图相晤也。』武王不得已，方肯放行。李靖等拜别武王及文武百官；子牙不忍分离，又送了一程，各洒泪而别。后来李靖、金吒、木吒、哪吒、杨戬、韦护、雷

震子，此七人俱是肉身成圣。后人有诗赞之，诗曰：

别驾归山避世嚣，闲将丹灶自焚烧。
修成羽翼超三界，炼就阴阳越九霄。
两耳怕闻金紫贵，一身离却是非朝。
逍遥不问人间事，任尔沧桑化海潮。

话说子牙别了李靖等七人率领从者进西岐城，回相府。至次日早朝，武王升殿，姜子牙与周公旦出班奏曰：『昨蒙陛下赐李靖等归山，得遂他修行之愿，臣等不胜欣幸。但有功之臣，当分茅土者，乞陛下速赐施行，以慰臣下之望。』武王曰：『昨七臣归山，朕心甚是不忍；今所有分封仪制，一如相父、御弟所议施行。』子牙与周公旦谢恩出殿，条议分封仪注并位次，上请武王裁定。次日，武王登宝坐，命御弟周公旦于金殿上唱名策封，先追王祖考，自太王、王季、文王皆为天子，其余功臣与先朝帝王后裔俱列爵为五等：公、侯、伯、子、男，其不及五等者为附庸。条序已毕，周公方才唱名。

列侯分封国号名讳：

鲁——姬姓，侯爵。系周文王第四子周（姬）公旦，佐文王、武王、成王有大勋劳于天下。后成王命为大宰，食邑扶风雍县东北之周城，号宰周公，留相天子，主自陕以东之诸侯。乃封其长子伯禽于曲阜，地方七百里，分以宝

玉、大弓，而俾侯于鲁，以辅周室。

齐——姜姓，侯爵。系炎帝裔孙伯益为四岳，佐禹平水土有功，赐姓曰姜氏，谓之吕侯。其国在南阳宛县之西南。自太公吕望起自渭水，为周文、武师，号为师尚父，佐文、武定天下，有大功，封营丘，为齐侯，列于五侯九伯之上。即今山东青州府是也。

燕——姬姓，伯爵。系周同姓功臣，曰君奭，佐文、武定天下，有大功，为周太保，食邑于召，谓之召康。留相天子，主自陕以西之诸侯。乃封其子为北燕伯，其地乃幽州蓟县是也。

魏——姬姓，伯爵。系周同姓功臣，曰毕公高，佐文、武定天下，有大功，封镇魏国。即今河南开封府高密县是也。

管——姬姓，侯爵。系武王弟，曰姬叔鲜，以监武庚封于管。即今河南信阳县是也。

蔡——姬姓，侯爵。系武王弟，曰姬叔度，以监武庚封于蔡。即今河南汝宁府上蔡县是也。

曹——姬姓，伯爵。系武王弟，曰姬叔振铎。武王克商，封于曹。即今济阳定陶县是也。

郕——姬姓，伯爵。系武王弟，曰姬叔武。武王克商，封于郕。即今山东兖州府汶上县是也。

霍——姬姓，伯爵。系武王弟，曰姬叔处。武王克商，封于霍。即今山西平阳府是也。

卫——姬姓，侯爵。系武王同母少弟，封为大司寇，食采于康，谓之康叔，封于卫。即今北京冀州是也。

滕——姬姓，侯爵。系武王弟，曰姬叔绣。武王克商，封于滕。即今山东章邱县是也。

晋——姬姓，侯爵。系武王少子，曰唐叔虞。封于唐，后改为晋。即今山西平阳府绛县东翼城是也。

吴——姬姓，子爵。系周太王长子泰伯之后。武王克商，遂封之为吴。即今之吴郡是也。

虞——姬姓，公爵。系周太王子仲雍之后。武王克商，求泰伯、仲雍之后，得章已为吴君，别封其为虞。在河东太阳县是也。

虢——姬姓，公爵。系王季子虢仲，文王弟也。仲与虢叔为文王卿士，勋在王室，藏于盟府，而文王友爱二弟，谓之二虢。武王克商，封仲于弘农。陕县东南之虢城。

楚——芈姓，子爵。系颛帝之裔，曰鬻熊。为周文、武师，有勤劳于王家，封之于荆蛮，以子男之上居之。即今丹阳南郡枝江县是也。

许——姜姓，男爵。系尧四岳伯夷之后。因先世有功，武王克商，封其裔文叔于许。即今之许州是也。

秦——嬴姓，伯爵。系颛帝之裔。因先世有功，武王克商，封其裔柏翳于秦。即今之陕西西安府是也。

莒——嬴姓，子爵。系少昊之后。因先世有功，武王克商，封其后兹与期于莒城。即今之莒县是也。

纪——姜姓，侯爵。系太公之次子。武王念太公之功，分封于纪。即今东莞剧县是也。

郳——曹姓，子爵。系陆终第五子晏安之后。武王克商，封其裔曹挟于郳。即今之山东邹县是也。

薛——仕姓，侯爵。黄帝之后。因世有功，武王克商，封其后裔奚仲于孽。即今山东泊州是也。

话说子牙传令，命斩飞廉、恶来，只见左右旗门官将二人推至辕门外，斩首号令，回报子牙。

宋——子姓，公爵。系商王帝乙之长庶子曰微子启。因纣王不道，微子抱祭器归周。武王克商，封微子于宋。即今之睢阳县是也。

杞——姒姓，伯爵。系夏禹王之后。武王克商，求夏禹苗裔，得东楼公，封于杞，以奉禹祀。即今之开封府雍丘县是也。

陈——妫姓，侯爵。系帝舜之后。其裔孙阏父作武王陶正，能利器用，王实赖之。以元女大姬下嫁其子满，而封诸陈，使奉虞帝祀。其地在太皞之墟，即今之陈县是也。

焦——伊耆姓，侯爵。系神农之后。因先世之功，武王克商，封之于焦。即今之弘农陕县是也。

蓟——姬姓，侯爵。系帝尧之裔。武王克商，求其后，封之于蓟，以奉唐帝之祀。即今之北京顺天府是也。

高丽——子姓，乃殷贤臣，曰箕子，亦商王之裔。因不肯臣事于周，武王请见，乃陈《洪范九畴》一篇而去之辽东。武王即其地以封之。至今乃其子孙，即朝鲜国是也。

其亲王、功臣、帝王后裔，共封有七十二国。今录其最著者。其余如越封于会稽，向封于谯国，凡封于汲郡，伯封于东平，郜封于济阴，邓封于赖川，戎封于陈留，芮封于冯翊，极封为附庸，谷封于南阳，牟封于泰山，葛封于梁国，倪封为附庸，谭封于平陵，遂封于济北，滑封于河南，郿封于东平，邢封于襄国，江封于汝南，冀封于皮县，徐封于下邳，舒封于庐江，弦封于弋阳，郐封于琅琊，厉封于义阳，项封于汝阴，英附于楚，申封于南阳，共封于汲郡，夷封于城阳等国，不悉详记。如南宫适、散宜生、闳夭等，各分列茅土有差。即于其日大排筵宴，庆贺功臣、亲王、文武等官。又开库藏，将金银宝物悉分于诸侯人等。众人俱各痛饮，尽醉而散。次日，各上谢表，陛辞天子，各归本国。后人有诗为证：

一举戎衣定大周，分茅列土赐诸侯。
三王漫道家天下，全仗屏藩立远谋。

话说众人各领封敕，俱望本国以赴职任，惟御弟周公旦、召公奭在朝辅相王室。武王乃谓周公曰：『镐京为天下之中，真乃帝王之居。』于是命召公迁都于镐京，即今陕西西安府咸阳县是也。武王谓：『师尚父年老，不便在朝。』乃厚其赐赉，赐以宫女、黄金、蜀锦，镇国宝器黄钺、白旄，得专征伐，为诸侯之长，令其之国，以享安康之福。

次日，子牙入朝，拜谢赐赉，陛辞之国。武王乃率百官饯送于南郊。子牙叩首谢恩曰：『臣蒙陛下赐令之国，不得朝夕侍奉左右，今日一别，不知何日再睹天颜也！』言罢，不胜伤感。武王慰之曰：『朕因相父年迈，多有勤劳

于王室，欲令相父之国，以享安康之福，不再劳相父在此朝夕勤劬耳。』子牙再三拜谢曰：『陛下念臣至此，臣将何以报陛下知遇之恩也！』其日君臣分别，子牙拜送武王与百官进城，子牙方才就道，往齐国而去。太公至齐，因思：『昔日下山至朝歌时，深蒙宋异人百般恩义，因王事多艰，一向未曾图报；今天下大定，不乘此时修候，是忘恩负义之人耳。』乃遣一使臣，赍黄金千斤、锦衣玉帛，修书一封，前往朝歌，问候宋异人。使臣离了齐国，一路行来，不觉一日来到朝歌。其时宋异人夫妇已死，止有儿子掌管家私，反觉比往时更胜几倍。其日收了礼物，修回书与来使至齐，回复了太公。太公在齐，治国有法，使民以时；不五越月，而齐国大治。后子牙薨，公子灶嗣位，至小白，相管仲，伯天下，『春秋』赖之。后至康公，方为田氏所灭。此是后事，亦不必表。

且说武王西都长安，武王垂拱而治，海内清平，万民乐业，天下熙熙皞皞，顺帝之则。真一戎衣而天下大定，不逊尧舜之揖让也。后武王崩，成王立，周公辅相之，戡定内难，天下复睹太平。自太公开基，周公赞襄，遂成周家八百年基业。然子牙、周公之鸿功伟烈，充塞乎天地之间矣。后人有诗单赞子牙斩将封神，开周家不世之基以美之：

宝符秘箓出先天，斩将封神合往愆。
敕赐昆仑承旨渥，名班册籍注铨编。
斗瘟雷火分前后，神鬼人仙任倒颠。

自是修持凭造化，故教伐纣洗腥膻。

又有诗赞周公辅相成王，戡定内难，为开基首功，而又有十乱以襄之，诗曰：

天潢分派足承祧，继述讦谟更自饶。
岂独簪缨资启沃，还从剑履秩宗朝。
和邦协佐能戡乱，典礼成称善补貂。
总为周家多福荫，天生十乱始同调。